Glückskind

Klaus-Peter Asmussen, geboren 1946 in Handewitt im damaligen Landkreis Flensburg, wuchs mit plattdeutscher Muttersprache auf. Nach Abitur am Alten Gymnasium, Flensburg, und sechssemestrigem Englisch- und Pädagogikstudium an der damaligen Pädagogischen Hochschule Flensburg trat er in den Schuldienst ein und war zunächst sechs Jahre lang als Grund- und Hauptschullehrer in Dithmarschen tätig. Ab 1976 arbeitete er als Realschullehrer für Englisch und Dänisch in Tarp, Kreis Schleswig-Flensburg, bis er 2010 in den Ruhestand trat. 2007 veröffentlichte er bei BoD – Books on Demand „Planten un Blomen", ein „Wörterbuch schleswig-holsteinischer Pflanzennamen" (ISBN 978-3-8334-8589-3). Seit 2005 befasst er sich mit dem Übertragen von Märchen unterschiedlichster Provenienz in die plattdeutsche Kultur. Auch in seinem hier vorgelegten fünften Märchenbuch stammen die Inhalte aus verschiedenen deutschen und europäischen Ländern, von Norwegen und Finnland bis Sizilien und Bulgarien. Klaus-Peter Asmussen wohnt heute in seinem Geburtshaus in Langberg, Gemeinde Handewitt.

Klaus-Peter Asmussen

Glückskind

un anner Märkens,
nü vertellt up Sleswigsche Geestplatt

Wat in düt Book in steiht

Glückskind

Dar is mal en arme Buer we'n, de hett Matten hee-
ten un hett twee Kinner hatt, en Jung un en Deern,
de hett he bannig leev hatt.

As he nu up'e Dood liggt, do röppt he de beiden to sik
un seggt, he mutt nu vun se gahn. Man wenn he uck
dootblieven mutt, seggt he, de leeve Gott levt doch
ümmer noch, un wenn se sik man recht leev hebben
woe'n un wenn sin Soehn Pans man düchtig arbei-
den lehrt, denn so löppt sik dat sachs allens t'recht.

He kann se nich vel t'rügglaten, seggt he, dat weeten
se ja. As he se's Mudder – de is ja al lang doot – as he
de heirad't hett, do hett se em en Paar ole holt'ne
Schemels un en Strohsack mit in't Huus bröcht. Un
denn hett he noch en Hehn, en Nelkenstock un en
sülverne Ring. De Putt mit de smucke Nelkenstock
un de Ring, de hett he al lange Jahren verwahrt, de
hett he vun en vörnehme Fruu kregen, de is mal
Nacht bleven in sin Kaat, un he weet bet up düssen
Dag nich, wokeen se we'n is oder wonem se herka-
men is un wonem se afbleven is. He hett dar nich na
fragen mucht.

De dare Fruu, seggt he, de hett em updragen, he
schull de Nelkenstock fein passen un ümmer begöten
un de Ring fein verwahren, de schullen mal sin
Dochter tohören un ehr trösten, wenn se recht arm
un verlaten weer. Man liekers schull he ehr de Naam
„Glückskind" geven, hett se seggt, un dat hett he ja
uck daan. Un denn gifft he Glückskind, wat ehr is,
Ring un Nelkenstock, un all dat anner kriggt Pans.
En paar Daag later blifft de Ole doot. Do nimmt
elkeen vun de Kinner, wat em tohören deit, un denn
blieven se dar tohopen.

Glückskind hett ehr Boder Pans bannig leev, un se denkt ja, he hett ehr jüst so leev, man dar hett en Uul seten. As se sik mal dalsetten will up een vun sin beide Schemels, do jaagt he ehr weg, sett sik grootsnutig dal up'e eene un streckt sin grote Kuddelmuddelfööt tüffelig ut up'e anner. De Schemels sünd sin, seggt he oeverdarig un vörnehm. Se hett ja ehr Ring un ehr Nelken. Glückskind weent in'n Stillen solte Tranen un weet nu nich mal, wonem se sik dalsetten schall. Dat Pans so eklig to ehr we'n kunn, dat harr se ja nie nich dacht, un so vel duller deit ehr dat weh.

In Stahn neiht se en beten bet hen to Avendbroodtied, man Pans runkst grootsnutig un fuul up sin Schemels rum, un to Avendbroodtied haalt he sik en paar vun de Eier, de sin Hehn de letzte Daag leggt hett. De kaakt he sik un itt se up mit en grote Stück Brood, dar is noch wat vun dar. Man sin Süster gifft he nich Brood, nich Ei. Dat is för em, seggt he, un is sin. Se schall man tosehn, wonem se wat to eten herkriggt. Se kann ja mal dat hier probeern, seggt he un smitt ehr de Eierschell hen, wat anners hett he nich för ehr. Man dar sünd Hoppetuutsen nugg in't Moor, seggt he, dar kann se sik man wecken vun griepen.

Do weent de stackels Deern still vör sik hen un geiht in ehr Kamer un klaagt de leeve Gott ehr Noot. In de Kamer, dar rüükt dat bannig fein; dat kümmt vun de Nelken, de stahn dar frisch un smuck, un dar freut de Deern sik so dull to, se vergitt rein ehr Broder un ehr Hunger un se hollt up mit Weenen.

Man as se ehr Nelkenstock denn so ankickt, do ward se wies, de is recht dröög. Do seggt se, de dare Nelken rüüken so fein un hebben so'n prachtvulle Klören, de schoe'n keen Dörst lieden. Un do nimmt se en Kroos un geiht in'e Maandschien gau hen na de Soot, se will Water halen för ehr Blöme. Man de Soot is wied weg, un do ward se sik möö' lopen, un as se henkümmt, do sett se sik eerstmal dal an de köhlige Soot, se will sik eerst verpuusten. To Huus hett se ja liekers nix to doon un uck nix to eten.

As se dar so sitten deit, do gifft dat en grote Stahoi um ehr rum mit grote Pracht, un do kümmt dar en vörnehme Daam an, de hett en Kroon up'e Kopp, de blinkert in'e sülverne Maandschien so fein as Demanten un Parlen – dar is 'n ja uck vun maakt – un bi ehr rum sünd en Masse staatsche Fruunslüüd un Mannslüüd, all in feine Tüüg.

Bi de Soot, dar stahn allerhand feine Böme, dar sett de Daam sik dal. Se kriggt dar en Lehnstohl henstellt mit weeke Küssens up un betrocken mit gollne Tüüg; en Disch kriggt se uck henstellt mit gollne un kristallhelle Geschirr up, un up en anner Disch, nich wied darvun, ward leckere Eten updragen, un dar kümmt en feine, sachte Musik. Un dat is allens dar in een Wuppdi, as harr dat dar al lang' stahn.

Glückskind hett sik de heele Tied, as dat all vör sik gahn is, blööd[1] un schuu achter en Sireenenbusch verstaken, as weer se bang'; se denkt, se hört dar ja nich to to de dare vörnehme un feine Lüüd. Man de Daam – dat is en Königin we'n, un as de Königinnen dat meist so an sik hebben, hett se en scharpe Oog för de lütte Dinger – de Königin ward ehr liekers wies un schickt en Deener hen un lett ehr halen. Dar steiht de Deern nu blööd, schuu un demödig mit dal-

---

[1] blööd = schüchtern, bescheiden

slaane Ogen vör de Königin. De mag ehr bannig geern lieden. Wat se dar maakt, fraagt se de Deern heel fründlich. Um se denn nich bang' is so alleen in Düüstern.

Bang', seggt de Deern, nee, bang' is se nich en Spier. De leeve Gott is doch bi ehr, seggt se, un sin Engeln sünd dar uck. Un se hett ja uck nix, wat een ehr wegnehmen kunn. Se hett nix as dat linnen Tüüg, wat se anhett, un en Nelkenstock un en Sülverring, man de sünd to Huus, un de Nelkenstock, seggt se, de rüükt so fein, un de hett se göten wullt, un darto hett se Water ut'e Soot halen wullt.

Um se denn al hett Avendbroot hatt, will de Königin weeten. Nee, seggt de Deern, dar is nich recht wat dar we'n, blots twee Eier un en Stück Brood, un dat hett ehr Broder upeten. Do mutt de Deern sik dal- setten an'e Disch bi de Königin un kriggt dat feinste Eten vörsett. Man blööd, as se is, nimmt se man blots en lütte beten.

Wonem se dat Water denn hett in halen wullt, fraagt de Königin, se hett ja gar keen Putt mit. Doch, seggt de Deern, de hett se dar dalstellt an'e Eerde. Un se grippt darna un will 'n de Königin wiesen. Do is dar wull en Kroos, man de is vun Gold un so swaar, se kann 'n man knapp bören, un is besett mit idel Ed- delsteens.

So'n feine Kroos hett se, wunnert sik de Königin. Och nee, seggt de Deern, dat is ja nich ehr, ehr is man en eenfache Steenputt we'n, un nu is 'n weg, un en anner een hett se nich, jammert se, nu moeten ehr stackels Nelken verdörsten. Na, seggt de Köni- gin, denn schall se man driest de dare nehmen. Nu schall se man Water ut'e Soot nehmen. Man as de

Deern dat will, do is de Putt al vull Water, un dat rüükt so fein un smödig[1]. Dar schall se man ehr Blöme mit göten, seggt de Königin fründlich, denn so blöhn un rüken se nochmal so fein. Se schall nu man eerstmal hengahn un denn wedderkamen, se sülven will dar noch en beten blieven.

Do löppt de Deern gau na Huus un will to'n Dank de gude Königin de feine Nelkenstock bringen, wenn se 'n eerst gaten hett. Man as se in ehr Kamer kümmt, do is de Nelkenstock vun'e Finsterbank verswunnen. Pans, de Hallunk, hett 'n dar wegnahmen un verstaken un hett dar en Kohlkopp för henstellt. Do ward de Deern heel trurig, se hett sik dar al so up freut un schenken de nette Königin uck wat.

Nu hett se nix Beteres as ehr Sülverring, un do nimmt se de un vertellt de Königin, wodennig ehr dat so leeg gahn hett mit ehr Nelkenstock. De Königin stickt de Ring an ehr Finger un seggt, se will de Ring vun ehr annehmen, un se schall man so sachtmödig un fraam blieven, un se schall man gedüllig we'n, dat duert nich mehr lang', seggt se, un denn ward allens guut. Denn sett de Königin sik in ehr feine Kutsch, un söss sneewitte Perde fleegen mit ehr afste' so gau, as weern dat Vageln.

As de Deern wedder in ehr Kamer kümmt, do süht se wedder de Kohlkopp in't Finster, un do kümmt se doch mal in Raasch, dat de leege Pans ehr hett de Freud verdorven mit de Nelkenstock, un do smitt se vull Arger de Kopp ut't Finster. Do schriggt dar een, em sünd all Rippen in't Liev tweibraken, un nu mutt he dootblieven. Glückskind denkt ja nich, dat dat de

---

[1] smödig = erquickend

Kohlkopp we'n kunn, de dar so jammert, un do geiht se na buten, se will mal nakieken, wokeen dat is. Do liggt de Kohlkopp ehr in'e Weg, un do sparkt se 'n an'e Siet un schimpt, dat ole Ding schall ehr ut'e Weg gahn, wo 'n doch hett de Stä' vun ehr leeve Nelkenstock innehmen wullt.

Do seggt de Kopp, se schall 'n doch nich unrecht doon, he kann dar doch nich för. Se harr 'n dar ja nich funnen, seggt 'n, harr dar nich een de Kopp in't Finster stellt. Se schall 'n man wedder bi sin Kameraden in'e Kohlhoff setten, denn so will 'n ehr uck verraden, de verdreihte Pans hett ehr Nelken verstaken in sin Strohsack.

Eerst verfehrt de Deern sik ja en beten, dat de Kohlkopp snacken kann. Se weet dat noch nich, dat dat up'e Welt en Barg Kohlköppe gifft, de dat nich an de Spraak fehlt, man an de Gedanken. Aver dat duert nich lang' un se hett sik vun ehr Schreck verhaalt, un de Kohlkopp ward ehr duern un se driggt 'n rut, 'nem 'n henhört. Man denn ward se wedder trurig, se weet nich, wodennig se de Nelkenstock rutkriegen schall ut'e Strohsack. Pans, de leege Keerl, de gifft dat ja sachs nich to, dat se 'n dar ruthalen dörv.

Do süht se mitmal ehr Broder sin Hehn, de kleit dar flietig buten up'e Hoff rum, de Stoff flüggt man so. De Deern grippt na de Hehn un kriggt 'n richtig faat un seggt, nu schall 'n betahlen för ehr Nelkenstock. Do seggt de Hehn, se schall doch man barmhartig we'n, se kann dar ja nich för; warum se denn nu instahn schall för ehr Nelkenstock. Do is de Deern ehr Arger foorts verflagen, un se lett de Hehn lopen.

Do seggt de Hehn, to'n Dank will se ehr wat verraden, se gackert ja liekers geern. De Deern meent ja, seggt de Hehn, se is de ole Matten, de dode Buer sin Kind und Pans is ehr Broder, man dat stimmt nich. *Se* is en Prinzessin, seggt de Hehn, un ehr Mudder is en Königin. De hett al söss smucke Döchter hatt, man de König, dat is en gediegene Keerl we'n, un de hett seggt, wenn se wedder keem in'e Wuchen un dat wurr keen Jung, denn so wull he ehr dootsteken. Nu hett de Königin jüst wedder wat Lüttes hebben schullt, un do hett he ehr in en faste Toorn sparrt un dar Wächters bi henstellt un se hett Order geven, wenn de Königin wedder en Deern kriggt, denn so schoe'n se ehr un dat Kind foorts dootmaken.

De stackels Königin is al meist halv doot we'n vör Bangen, ehrer dat Kind dar we'n is, seggt de Hehn, un as dat denn so wied we'n is, do is dat richtig wedder en Deern wurrn – se, Glückskind. Un do is se utneiht ut'e Toorn, se hett sik al lang' vörher en Reep-Lerring[1] maakt hatt. Un denn is se lapen, so wied as ehr Kräften recken dä'n, un is denn dar in se's lütte Kaat kamen, do hett se nich mehr kunnt. Do hett se denn vertellt, wodennig ehr dat gahn hett, un hett ehr, de Hehn, beden un trecken de Deern groot. Se is to de Tied Matten sin Fruu we'n, un se hett dat geern daan un hett Mudderstä' an ehr vertreden. En paar Daag later is de Deern ehr Mudder denn dootbleven, dat is allens tovel we'n för ehr. Matten un se hebben denn de Deern bi sik beholen un hebben ehr holen as se's eegne Dochter.

Nu hett se all ümmer geern snackt un sludert, seggt de Hehn, un do hett se mal de heele Geschicht en smucke Fruu vertellt, de is heel fein in Tüüg we'n un hett woll Wunner wat vörstellt. Do hett de ehr an-

---

[1] Strickleiter

tickt mit en lütte Pinn, un denn is se mitmal en Hehn we'n, nu schull se man sludern un snacken so vel, as se wull, hett de Fruu seggt. Un dat hett se denn uck daan, seggt de Hehn, se hett egaalweg kakelt un gackert.

As denn Matten na Huus kamen is vun'e Arbeit, do hett he ehr ja nich funnen. He hett en paar Daag lang na ehr söcht, man dat hett ja allens nix hulpen. Do hett he denn meent, se weer sachs to Holts gahn un weer upfreten vun'e Wülf, oder se harr sik afsapen un weer wegspölt vun'e Stroom.

Na en Tied is de feine Fruu nochmal kamen un hett de Deern ehr Plegvadder de Ring un de Nelkenstock geven. Se sülven hett dat mitkregen, seggt de Hehn, se is jüst up'e Hoff we'n un hett dar na Wörms söcht. De Fruu hett uck to Matten seggt, wat de Deern heeten schull. Se is noch dar we'n, seggt de Hehn, do sünd dar twintig Landjägers ankamen, de hett de Deern ehr richtige Vadder, de König losschickt, se schullen ehr söken un dootmaken. Man dat is nich passeert, as se wull weet, seggt de Hehn, de feine Fruu hett blots liesen en paar Wöör seggt, un do sünd de Landjägers alltohopen to Kohlköppe wurrn. So, seggt se, nu weet se dat, se is en Prinzessin. Se wunnert sik man, seggt de Hehn, dat se sülven upmal wedder snacken kann, dat hett se all de Tied gar nich kunnt, un de Kohlkopp, de de Deern ut't Finster smeten hett, de kann dat ja uck. Dat hett wiss wat to bedüden.

Sodennig snackt de Hehn un freut sik, dat se dat kann, denn so lang' hett se ja mit Snacken ehr Swiegstill holen musst.

Glückskind spickeleert na oever all düsse wunner-
liche Saken, man se kann dar nich klook ut warrn.
Nu schall se upmal en Prinzesin we'n, denkt se, man
is se denn uck glücklich? Wenn dat all de Prinzessin-
nen so geiht as ehr nu, denn so geiht se dat doch
bannig leeg. Leever wull se de Goosdeern in't Dörp
we'n, denkt se, de hett ehr Stück Brood, hoppst lus-
tig up'e Wisch rum, söcht sik Blöme un binnt dar
Kränz ut un singt sik een.

Do ward se mitmal an ehr Nelkenstock denken, un
as se in de Stuuv rinkümmt, do is Pans nich dar, de
is to Holts gahn. Do will se de Strohsack upmaken
un de Nelkenstock dar ruthalen, man do schütt dar
en heele Flock grote, eklige Rotten mit grimmige[1],
lange Steerten ut'e Sack rut, un dat liek up Glücks-
kind los. Och, röppt de Deern, wodennig se nu woll
schall ehr Nelken retten.

Man de Rotten woe'n nich aflaten vun ehr, se jagen
achter ehr ran dör de Stuuv un woe'n ehr in't Gesicht
springen. Do kriggt se in ehr Angst de gollne Kroos
faat un bespeutet de Rotten mit Water. Do warrn de
foorts bang' un verkrupen sik gau in se's Löcker.

Do haalt Glückskind ehr Nelken ut'e Strohsack, man
de laten trurig de Köppe hängen un sünd meist ver-
dröögt. Do gütt de Deern se mit dat Water ut'e gollne
Kroos, un do kamen se foorts hooch mit se's Köppe,
un se rüken so fein, un do freut de Deern sik bannig.
Un ut de Nelkenstock kümmt en Stimm, de snackt
heel liesen un seggt, wo sachtmödig un guut un
smuck Glückskind doch is, un dat 'n ehr uck so ban-
nig, bannig geern lieden mag. Mehr seggt de Nel-

---

[1] grimmig = hässlich (dän. grim)

kenstock nich, man dat langt al, dat se meist in Amidaam fallt. Se hett ja al de Kohlkopp un de Hehn snacken hört, man de dare Stimm ut'e Nelkenstock, de dücht ehr doch to gediegen un wunnerlich.

Se spickeleert dar noch oever na, do kümmt Pans ut't Holt t'rügg, un he ward splitterndull, as he süht, se hett de Nelkenstock funnen, un de blöht wedder so smuck un rüükt so fein. He kriggt ehr mit beide Füüst faat bi de Arm, ritt ehr in'e Stuuv rum, haut ehr un slept ehr mit Schimpen ut'e Kaat, meist bet an't Holt. So, seggt he, nu schall se man sehn, wodennig se dörchkümmt, oder se schall sik upfreten laten vun'e Baren, man na em schall se nich wedder kamen, anners haut he ehr foorts doot.

Stackels Glückskind ward rein armsinns un will meist beswiemen. Eerst hett se so'n smucke Wöör hört vun'e Nelkenstock, un nu kriggt se so'n gresige Wöör vun Pans. Un denn schall se rin in't düüstere Holt vull vun wille Deerten.

As se wedder to sik kümmt, do steiht de feine Daam wedder bi ehr, de ehr de gollne Kroos schenkt hett. Se seggt, se is de Königin vun dat dare Holt, un se weet nipp un nau, wat passeert is. Se hett sehn, wo leeg Pans an ehr hannelt hett, de doch ehr Broder we'n will. Se will em darför strafen.

Och nee, seggt Glückskind, dat helpt ehr ja doch nich, un he ward dar sachs nich anners vun, as he nu mal is, un he is ja doch ehr Broder. Wenn se man wüss, wonem se hen schall, denn so harr se gar keen Verlangen na de dare Kaat, seggt se, dar is ja doch keen Leev un keen Freden in.

Do fraagt de Fruu ehr, um so'n Klotz, de so leeg an Glückskind hett doon kunnt, um de denn woll ehr rechte Broder we'n kann. Dat kann doch woll nich angahn, seggt se. Um ehr denn keeneen seggt hett, wokenn se würklich is.

Doch, seggt de Deern, en Hehn hett ehr dar wat vun vertellt, man dat is so'n gediegene Kraam we'n, dar is se nich recht klook ut wurrn. Wat se na de Hehn ehr Kakeln we'n schall, dat is vel to hooch för en Buerdeern, dat kann se sik doch nich inbillen. Pans is sachs doch ehr Broder.

Dat is he nich, seggt de Königin do, un *se* is en richtige Prinzessin. Se is dat Kind vun ehr eegne leeve Süster. Se harr ehr geern al ehrer hulpen, man se hett dar bet nu nich de Macht to hatt. Man för ehr is dat vellicht nich verkehrt we'n un warrn slicht un arm uptrocken, up de Aart is se eenfach un demödig bleven, un se weet, wodennig Armoot un Noot sik anföhlen. Wenn se sülven dat maken kunn, seggt se, denn so schullen all de Königsinner so uptrocken warrn. Man för Glückskind is de leege Tied nu vörbi.

Sodennig snacken se noch, do kümmt dar en Jungkeerl an, smuck as en Engel, de hett en Kranz vun smucke Nelken up sin gelkruse Haar. He grööt't de Königin as sik dat hören deit, he geiht vör ehr dal up'e Kneen un drückt ehr sin Lipen up'e Hand. De Königin heet em willkamen as ehr leeve Soehn; de is nu erlöst, un dat hett he blots Glückskind to verdanken, seggt se, un de beiden schoe'n vun nu an mit'nanner glücklich warrn.

Ehr Lüüd, seggt de Königin, de hebben em passen schullt, as he noch ganz lütt we'n is, un de hebben em henbröcht na en Stä', dar hebben se nich hen durft, dat hett se se verbaden hatt, man se hebben nich uppasst, un leever rumdalvert. Un do hett en gewaltige Hexenmeister Macht kregen oever em, de is al ümmer ehr Fiend we'n, un de hett em to en Nelkenstock maakt. Dörch ehr eegne Macht hett se de Nelkenstock denn wedderkregen un hett 'n in'e Kaat bröcht, 'nem Glückskind we'n is, un hett 'n de Buer geven, un en Sülverring darto. Un as de Ring wedder in ehr Hand kamen is, do hett se wusst, dat is to Enne. Un Glückskind hett ehr de Ring bröcht, denn Pans, de Hallunk, hett ehr ja de Nelkenstock stahlen hatt, de se ehr hett schenken wullt. Dat Water, 'nem se de Nelkenstock denn mit begaten hett, seggt se, dat is ut de Wunnersoot, un dat verdrifft all dat Leege un verwannelt allens wedder t'rügg, so as dat we'n is. Un nu schoe'n de beiden mit ehr in ehr Riek kamen.

Do fraagt Glückskind ehr, um se ehr as ehr Mudders Süster um wat beden dörf. Se schall dat man seggen, seggt de Fruu, se is ja ehr Süsterdochter, un se sülven is ja nu uck ehr Mudder. Do seggt de Deern, se schall doch de Hehn wedder to en Minsch maken, de hett ehr doch groottrocken, un de Kohlköppe uck, un Pans schall se doch uck to en Minsch maken, to en richtige, de sachtmödig is un fründlich, un se schall em doch düchtig Geld schenken, sin Vadder hett ehr doch mit uptrocken un nährt.

Do geiht de guude Fruu mit ehr Soehn un de Deern na Pans sin Kaat un tickt de Hehn un de Kohlköppe an mit ehr Töverstock, do warrn de wedder, wat se mal we'n sünd. Man ut Pans, seggt se, dar kann keen Geist un keen Töverfruu en rechte Minsch ut maken, so wat mutt elkeen sülven doon. Un to vel Geld verdarvt em blots ganz. Man se maakt em düchtig de Maag rein, un denn – Glückskind hett ehr dar um beden – denn oeverlett se em de gollne Kroos mit de Eddelsteens. De schall he to Geld maken un sik dar denn en Huus för buun un Gaarn un Feld kopen, dat he wat to doon kriggt un uck glücklich ward. Pans hört dat in de Eck, 'nem he sik hen verkrapen hett, un sparrt vör Verwunnern dat Muul up.

Denn kümmt de Töverfruu ehr Waag mit de söss sneewitte Perde, un de bringt ehr mit ehr Soehn un mit Glückskind hen in ehr Riek.

Bangwe'n lehrn

In en Dörp hett mal en Mann levt, de is man Buer we'n, man Geld hett he nugg hatt, un darto een Jung. Vun de hett he en Barg holen, un do denkt he, he will em recht wat lehrn laten för sin Geld. So geiht he hen na de Schoolmeister und ward eenig mit em oever dat Lehrgeld, dat Peter nich blots de gewöhnliche School mitmaakt, man uck noch elkeen Dag sin Extra-Stunnen kriggt un sülven up Schoolmeister studeren schall.

Vun do an sitt de Jung vun morrns bet hen to Nacht in't Schoolhuus, un elkeen Sünnavend kriggt he en Tüügnis, wo wiet he al kamen is, un de Ole is heel tofreden mit em. Een Avend schickt de Buer em noch up't Feld, he schall en Bunk Kleever halen, de is dar liggen bleven. As he de Bunk nu upbören will, do is em de to swaar, un do kickt he sik um, um dar nich een is, de em helpen will. Upmal steiht dar so'n düüstere Keerl blangen em, böhrt em de Bunk up'e Kopp un fraagt em – dat is al heel düüster –, um he nich bang' is so alleen up't Feld. Bang'? Dar hett Peter noch nix vun hört, he weet gar nich, wat dat heeten schall, un so antert he gar nich, man geiht geruhig na Huus. To Huus vertellt he de Ole dat un fraagt, wat de Keerl dar woll mit meent hett. Um he denn gar nich weet, wat Bangwe'n heet, fraagt de Buer. Nee, seggt Peter. Do sleit de Ole de Hänne oever de Kopp tosamen un röppt, de Schoolmeister schall em sin Geld weddergeven. Een Jahr is de Jung al bi em in de School un weet noch nich mal, wat Bangwe'n is!

Foorts de neegste Morrn kümmt he mit sin Peter an'e Hand in't Schoolhuus an un seggt to de Schoolmeister, wenn he de Jung nich bet morrn bibröcht hett, wat Bangwe'n is, denn so schall he em sin Geld weddergeven. Oh, seggt de Schoolmeister, wat dat angeiht, do schall he sik man tofreden geven, bet morrn schall he dat vun Grund up verstahn.

As dat hen to Nacht geiht, do bringt he Peter rin in'e Kirch un slütt de grote Dör achter em to. Dar binnen kann een sachs dat Bangwe'n lehrn, dat heet, wenn een oeverall heel un gesund wedder rut kümmt, denn dar in de Kirch is dat al ümmer nich richtig we'n. Man Peter klarrt driest rup up'e Orgelboehn, leggt sin Jack ünner de Kopp un geiht slapen – aver nich lang'. Upmal fang dat in'e Kirch an un knallt, tappt un rummelt, as wenn all de Kirchenstöhle weern lebennig wurrn. Denn kamen dar dree swatte Keerls achter dat Altar tohööocht un kamen rup up'e Orgelboehn na Peter. De Jung stütt' sik up'e Ellbagen un is nieschierig, wat de Keerls eegentlich woe'n – do gahn se bi un stellen en Kegelspill up un fangen an un smieten. Un een vun se röppt na Peter, he schall de Kegeln wedder upstellen.

Na, Peter is dat recht, he steiht up un deit, wat se em heeten hebben. Man as de dree se's Kugeln smeten hebben, do seggt he, de upsetten deit, de dörf uck kegeln, nu is he an'e Tour. Un he nimmt de Kugeln un smitt se de Keerls mank de Beens, een na de anner. Denn kriggt he de Kegel faat un smitt se de Spökels an'e Köppe, eerst de König un denn de annern. Man up'e negente luern se gar nich eerst, se sehn to un kamen weg, un do kann Peter geruhig wiederslapen, bet de Morrn in't Kirchenfinster rinschient.

Do kümmt de Schoolmeister un will de Dag inlüden un is dar scharp up un kieken na, um se hebben Peter dat Gnick afdreiht. Man Peter hujahnt em blots fuul un mucksch an, as de Schoolmeister em fraagt, um he nu weet, wat dat up sik hett mit dat Bangwe'n. Nee, seggt de Jung, dar sünd blots dree so'n swatte Keerls kamen un hebben seggt, he schull de Kegeln upsetten, man vun Bangwe'n hett em keeneen wat seggt. Do seggt de Schoolmeister, he is en verdreihte Doeskopp, man as de ole Buer kümmt, do meent he, he schall dat man afluern bet to de neegste Dag, he will dat noch wieder versöken mit de Jung.

So draa as dat düüster ward, mutt Peter wedder alleen in de Kirch blieven. Na, denkt he, dütmal schoe'n se em in Ruh laten, un do klarrt he heel na baven up'e Orgel, dat he sin rechte Nachtruh kriegen will. Man dat hett man even ölben slaan, do geiht de Radau wedder los, man vel leeger as de Nacht vörher. Upmal kümmt dar en pickswatte Fruunsminsch mit en grote Umhängedook as Füer achter dat Altar rut un geiht dal up'e Kneen, as wenn se beden will. Na, denkt Peter, to de Herrgott bed't se wiss nich. Man dat dare gollne Dook, denkt he, dat schull sin Süster uck nett kleeden, wenn se dar Sünndags mit spazeern gung. Nu is he ja wat traag, man uck driest, un do klarrt he liesen dal vun sin Orgel, sliekert sik liesen vun achtern an dat dare Wief ran un ritt ehr mit een Ruck dat Dook vun'e Schullern, un denn as so'n Katteeker wedder rup up sin Platz. Do bedelt se, he schall ehr doch dat Dook man wedder dalsmieten, anners hett se ja keen mehr. Man rup na em kann se nich, un Peter lett ehr dar nedden snacken. He leggt sik geruhig wedder dal un slöppt.

Un as de Ole an'e neegste Morrn mit de Schoolmeister rinkümmt, do hebben se woll Mars un finnen em dar baven un kriegen em waak, man mit dat Bangwe'n hett he dat noch keen Spier wiederbröcht. Do is de Schoolmeister splitterndull un seggt, mit de Bengel is nix antofangen. Man dat schall doch to'n drütten Mal versöcht warrn mit de doesige Peter.

In'e drütte Nacht is de Jung dat doch nich heel eendoont, un em dücht meist, he kunn vellicht doch wat lehrn vun't Bangwe'n. He denkt, he will sik man in'e Preester sin Stohl setten, dar kann em dat Wiefstück nix doon, wenn se em up'e Orgel söcht. Na, he deit dat, un nich lang', do slöppt he wedder to. Man denn upmal, do ballert dat, dat all de Finstern man so roetern, un vun baven kümmt en gele Glem. Dat lett, as keem de Düvel sülven un holen Kirch, denkt Peter. Un sodennig is dat uck um un bi, de Düvel kümmt richtig lebennig dal un sett sik dicht bi Peter in'e Stohl blangen de Preesterstohl. De Jung hollt sik musenstill. Do kriggt de Düvel en Bunk Papieren ut sin Rocktasch un geiht bi un blädert dar in rum. Dat sünd allens Handschriften vun vörnehme un ringe Lüüd, dar hebben se sik de Düvel mit verschreven. As de Düvel dar nu so mit rumfahrwarkt un se natellt, do fallen em en paar dal up'e Del. Dat markt Peter sik, un ehrer de Swatte dat wies ward, hett he se upkregen un in'e Tasch staken. Un de Anner neiht wedder af un is Peter gar nich wieswurrn. Man as anner Morrn de Schoolmeister kümmt, do vertellt Peter em allens: De dare Papieren, de hett he sik upsammelt, un de Schoolmeister sin Naam, de steiht dar ja uck up.

Do ward de Schoolmeister dull, ritt em dat Papier ut de Fingern un seggt to de ole Buer, he will em dat

Lehrgeld för sin Undoeg vun Bengel weddergeven. He weet dar keen anner Raat mehr för, seggt he, de Ole schall em man in de Welt gahn laten, an em is liekers all Möögde verlaren, man vellicht geiht em ja in'e Frömm en Licht up in'e Kopp. Do gifft de Ole de Jung tweehunnert Daler un seggt, he schall nich wedderkamen, ehrer he is en klooke Keerl wurrn.

Peter is ja sülven verbaast, dat en Minsch so doesig we'n kann as he, un so gifft he sik tofreden, nimmt dat Geld un geiht afste'. He is oever dree Feldweg' gahn, do kümmt em en Jung in'e Mööt mit en Flock Swiens. Do seggt Peter to em, he schall doch man mit em in'e Welt gahn. He hett sovel Geld, seggt he, dat kann gar nich all warrn, wat schall de anner do noch Swiens wahren. De Swienjung seggt ja eerst noch, he mutt t'rügg na sin Buer, man nich lang', do hett Peter em richtig besnackt, un he geiht mit.

Sodennig marscheern de beiden denn tohopen rin in'e Welt bet hen to Avend, do warrn se hungerig. Un rundum is nix anners as Holt, Holt, Holt! Toletzt kamen se an en Slott. De Dör steiht apen, un do gahn se dar rin un kieken sik allens an. Man dar is keen Minsch, blots buten up'e Hoff, dar löppt allerhand Fedderveh: Göös, Höhner un uck Fasanen. Peter, nich fuul, kriggt sik wecke Steens up un smitt en paar Stück vun dat Fedderveh doot. So, seggt he, nu hebben se wat to eten, un denn geiht he mit de Swienjung in'e Slottskoek un maakt dar Füer an. Denn stellen se en Ketel up'e Heerd, ruppen de Vageln un gahn bi un kaken se.

As dat in'e Ketel fein kaakt un vör sik hen bruddelt, do kümmt de Herr vun't Slott na Huus, un dat is keen anner as de Düvel sülven. Al buten up'e Hoff kriggt de dat Snuppern un Snüffeln, un Peter will jüst mit de Gavel rinlangen in'e Ketel un sik en Stück dar rutangeln, do steiht upmal de Swatte blangen em un seggt, he will miteten.

Denn schall he man eerstmal rutgahn un smieten sik wat vun dat Fedderveh doot, seggt Peter, anners kann he't ja nich kaken. Un hett he nix un kaken, tjä, denn so hett he nix to eten, seggt he, vun em kriggt he nix, anners will he sin Leven lang' en Does-kopp blieven. Do glitt sik de Düvel wedder dal up'e Hoff un geiht bi un smieten all wat he kann, denn he is bannig hungerig. Man dat duert nich lang, do kümmt he wedder rup un seggt, he kann nix drapen. Ja, seggt Peter, dat kümmt vun sin dicke Klauen. Man he schall em man mal de Schruuvstock ran-halen – de steiht dar in'e Eck –, denn so will he em de Gefallen doon un em de Nägeln snieden. Un de Düvel is würklich so doesig un haalt gau de Schruuv-stock un leggt sin swatte Poten dar rin. He schall still holen, seggt Peter, un denn dreiht he to, all wat he kann, un do hett he de Leege fast. Un de beide Jungs kriegen se's Knüppels faat un döschen up em los as up en Esel, de nich gahn will. Do kriggt de Swatte dat Bölken, se schoe'n em rutlaten, so will he se geven, wat se man hebben woe'n. Lange Tied helpt em keen Hulen un keen Bölken, man toletzt seggt Peter, he will em gahn laten, wenn he em dat heele Slott mit allens, wat dar in is, to eegen ver-schrieven will.

Dar is de Swatte mit inverstahn, un foorts liggt dat Schrieven up'e Disch. De Swienjung will de Schruuv-stock updreihn, man Peter seggt, he will man eerst-mal nakieken, um dat uck allens richtig is. He kann schreven Schrift lesen, seggt he, he is nich för nix bi de Schoolmeister in'e Lehr gahn. Do kickt he na, un richtig hett de Swatte em anschieten wullt, in dat Schrieven steiht blots wat vun de Schüün un en Anbuu, man nich vun dat heele Slott. So plietsch as he, de Düvel, sünd *se* al lang', seggt Peter, un de Slääg sünd noch lang' nich all. Un do gahn se wedder bi un neihn em sodennig wecken oever, dat blots de Düvel dat lebennig utholen kann, un dat so lang', bet dat richtige Schrieven up'e Disch liggt, 'nem de Düvel Peter dat heele Slott, all de Feller un dat Holt darbi in verschrifft. Ja, seggt Peter, dar schall he för rutkamen, man nich foorts, eerst morrn an'e helle Dag, wenn he se nix doon kann. Se woe'n sik eerstmal all de Stuven ankieken, um dat uck allens in'e Reeg is.

Do nehmen se Licht mit un de Bunk Sloeteln, de hett de Leege se uck geven musst, un denn gahn se in't heele Slott rum un sluten all de Dören up. As se in de letzte Stuuv kamen, do kamen se dree koehlswatte Fruunsminschen in'e Mööt. Se sünd dree Königsdöchter, seggen se, un de Düvel hett se darhen verwünscht. As se denn to hören kriegen, wodennig dat dar allens togahn is, do seggen se to de Jungs, se schoe'n doch man de Düvel noch en beten mehr pieren, dat he se wedder witt maken deit, so as se vördem we'n sünd. Dat lett Peter sik nich tweemal seggen, un de letzte Slääg, dat sünd de besten. Man jo duller de Leege bölkt un jankt, jo mehr geiht de Fruunslüüd de swatte Farv vun't Liev un vun't Gesicht af. Un nich lang', do stahn dar statts de dree swatte Wiever dree smucke, schiere Königsdöchter. Se bedanken sik arig bi de beide Jungs, man denn seggen se, se schoe'n nu man de Düvel loslaten, dat is ja al helle Dag. Peter hett de Schruuvstock noch nich halv updreiht, do ritt de Swatte sik al los, he lett dat Fell un de Nägeln vun sin Krallen dar in hängen un neiht ut rin in sin Holt. So doesig as he is, he hett Peter doch anscheten un en lütte Stück vun't Holt vör sik behollen.

Peter un de Swienjung warrn sik denn eenig mit de dree Königsdöchter, un do heiraden se de beide öllsten, un de jüngste blifft in't Slott as Deern. Sodennig leven se lustig un vergnöögt tohopen, eten un drinken fein un ut Schau gahn se up'e Jagd. Mal hett Peter en Haas anschaten, un do löppt he mit de Swienjung achterran un in dat Holtstück rin, wat noch de Düvel hören deit. Dat is de Leege jüst na de Mütz! Mit grote Schred kümmt he an un fraagt Peter, wat he dar in sin Holt to söken hett. Do kriggt Peter sin Macker faat, stellt em up'e Kopp, nimmt sin Beens faat un klappt se up un to as en Schruuvstock: Um he wedder rin will, fraagt he de Düvel. Do verfehrt de sik so dull, he neiht ut, so gau as he kann, un kümmt nich mehr wedder.

Fuulhannes

Dar is mal en Buer we'n, de hett en Soehn hatt, de is groot un stark we'n, man so fuul, so fuul, dar is dat Enne vun weg. Darum hebben de annern jungen Keerls in't Dörp em de Ökelnaam Fuulhannes geven.

Mal seggt sin Vadder to em, he ward bi lütten oold un flau, un he kann nich mehr so vel verdeenen, dat he blangen sik sülven uck noch so'n groote, sloeksche Droehnbüdel dörchfuddern kann; he schall ut't Huus un in Arbeit gahn. De Soehn weet, sin Vadder snackt nich geern tweemal, un so packt he – wenn uck nich geern – de neegste Morrn sin Pieselotten. In de Bargen nich wied weg, dar söcht jüst en Ries en Knecht, dar geiht he hen un geiht in sin Deenst, man he nimmt sik fast vör, he will dar nich mehr doon as to Huus.

Mal seggt de Ries, he schall mit em na de Soot gahn un em Water drägen helpen, un he nimmt de Dracht mit twee grote kopperne Keteln up'e Schullern. Fuulhannes geiht em na mit en lütte Hacker. As se bi de Soot ankamen, do ward de Ries dat eerst wies, dat Fuulhannes de Hacker mit hett un nich de Keteln, un do fraagt he em, wat he denn mit de Hacker will. Och, seggt Fuulhannes, wat denn de dare Ackewars schall mit dat Waterslepen elkeen Dag. He will man foorts de heele Soot na't Huus rupdrägen. Wat? verfehrt sik de Ries, he sülven is doch en Ries, man dat is he nich kumpabel. Och wat, seggt Fuulhannes, för em is dat man en Klacks.

Sliepstertig un gnadderig seggt sin Herr nix mehr, man knapp is he man to Huus, do besnackt he sik mit sin Oolsch. Wenn he man bloots kunn de dare Knecht wedder quitt warrn, seggt he, de maakt em ja in de heele Naverschop to'n Püjatz. Man in Bösen geiht dat sachs nich, seggt he, de is kumpabel un haut se all beid doot. Wat se dar nu woll bi maken schoe'n.

Och, seggt de Riesenoolsch, sin Slaapkamer is ja jüst ünner dat Kliff. Tonacht, wenn he slöppt, denn woe'n se en paar grote Steens dalsmieten, de hau'n denn dat Dack un allens, wat dar ünner is, in Dutt. Man Fuulhannes hett se beluert, un he leggt sik nich in't Bett, he leggt sik vör de Dör, un as denn in de Nacht de grote Steens dör't Dack ballern, dor röppt he as vergrellt na sin Herr, he schall doch de lütte Jungs wegjagen, de smieten dar mit Flintsteens, een kann gar nich recht slapen.

Dat Dack is twei, dat Bett in Dutt, man de Knecht, 'nem he so bang' vör is, de is de Ries nich los. Do denkt he, he will em mitnehmen up'e Jagd. Baven in't Holt, dar hett de Ries en ole Kaback, dar wahrt he all de Kraam för de Jagd un för't Vagelfangen in up. Dar stellt he de Knecht ahn Wapen hen, un sülven jaagt he en paar grote Baren na de Hütt to. Man de Knecht is up't Dack klarrt, un as de Baren nu bi't Utneihn sik na de Kaback rin verbiestern, do springt he gau dal un schott't de Dör vun buten to. Do kümmt uck al de Ries an un denkt, de Baren hebben sin Knecht in Stücken reten. Heel verbaast fraagt he em, um he dar nich hett wecke Baren lopen sehn. Ja, seggt Fuulhannes heel truuschullig, de hett he bi de Ohren kregen un eerstmal in de Hütt inspunnt.

Do seggt de Ries, he schall doch man so guut we'n un ringahn un maken se doot. Nee, seggt Fuulhannes, dat weer denn doch to vel, he hett se fungen, nu schall he se man sülven dootmaken un na Huus slepen, he is ja doch en Ries. Do geiht de Ries na't Finster un schütt de Baren doot un slept se denn mit Hachpachen na Huus.

Nu raatslaan de Ries un sin Oolsch wedder, un se maken af, se woe'n en gewaltige Noetboom umhau'n, un wenn de fallt, denn so schall de Ries 'n sodennig dreihn, dat 'n up'e Knecht fallt un em dootmaakt. As se bi de Boom anlangt sünd, will de Ries de Äx hebben, man Fuulhannes hett 'n nich mit, un de Ries schimpt em ut. Do seggt Fuulhannes, de Äx, de hett de Fruu in'e Koek, man he will 'n foorts halen. Un do löppt he hen na de Ries sin Oolsch un seggt, se schall em de Sloeteln för't Geld geven. Man de Oolsch truut em nich, un so geiht se up'e Vörplatz un röppt dal na ehr Mann up'e Wisch, um se em de würklich geven schall. De Ries meent ja, de Knecht hett de Äx verlangt, un he röppt „Ja", un de Ries sin Oolsch gifft Fuulhannes de Sloeteln. Un do sackt he dat Geld in un neiht ut so gau, as't geiht, na't Holt rin.

Lang' is he al lapen, do kümmt em en Schäper in'e Mööt. Em köfft he för en Goldstück dat ringste vun sin Schaap af, murkst dat af un smitt dat Ingedööm up'e Weg. Denn gifft he de Schäper dat Fell un dat Fleesch vun dat Schaap un noch en Goldstück to un seggt, he schall em en Gefallen doon: Wenn dar en Ries kümmt un fraagt na em, denn so schall he em dat Ingedööm up'e Weg wiesen un em seggen, he kann em sachs nich mehr inhalen, denn he hett sik mit de Schäper sin Mess de Buuk upsneden un sin Ingedööm wegsmeten, dat he gauer lopen kann.

De Ries ward toletzt dat Luern bi de Noetboom to lang' duern, un do geiht he sülven rup na sin Huus un ward gewahr, wat dar passeert is. He ja so gau as't geiht achter em ran. Un as sin Unglück dat will, do bemött he jüst de dare Schäper, un as he hört hett, wat de em vertellt, un he süht dat wegsmetene Ingedööm, do he nich fuul un maakt dat jüst so. Man gauer lopen kann he darför nich. Nich lang', un he fallt dal an'e Grund, un doot is he.

De Dwerfleut

Dar is mal en Buer we'n, de is de Fruu dootbleven, un as se inkuhlt un betruert is, do seggt de Buer to sin Soehn, he will keen anner Fruu wedder nehmen. He, Hans, schall för en Fruu up'e Hoff sorgen. Do ward Hans heel benaut, denn *he* will dat al gar nich. Do ward de Vadder dull un seggt, warum he dar stahn deit, as weer em de Petersill verhagelt. Do antert Hans, he mag nich heiraden, nich mal dar an denken mag he. Warum nich, will de Vadder weeten un is heel vergrellt. He sülven hett dat ja uck daan, un dat is em guut bekamen. Ja, seggt Hans, dat will he woll gloven, sin Vadder hett ja uck sin selige Mudder hatt, man he, Hans, he schall mit en heel frömde Fruu leven. Un de Vadder kann seggen, wat he will, Hans will nich heiraden, un do haalt de Vadder sik sülven en nüe Fruu in't Huus. Man dat wiest sik as en Unglück för Hans, denn as sin Steefmudder sülven en Soehn kriggt, do leggt se dat dar up an un bringen Vadder un Soehn ut'nanner, un toletzt jaagt de Vadder Hans ut't Huus. Do kriggt Hans sik en Mettwust vun'e Wiemen, snitt sik en Stock ut sin Vadder sin Busch un treckt in'e wiede Welt.

Hen to Avend kümmt he in en grote Holt, un do verbiestert he un is in grote Noot. Do ruschelt dat in'e Busch, un en lütte, griese Keerl kümmt an em ran un seggt, he hett Hunger, Hans schall em wat to eten geven. Do langt Hans in'e Tasch, haalt dar de Mettwust rut un gifft 'n de lütte Mann. Un de lütte Mann langt in'e Tasch, haalt dar en Dwerfleut rut, de gifft he Hans un seggt, dar schall he up blasen, wenn he in Noot is, un weg is he. Hans is möö', leggt sik dal in't Gras un slöppt. De neegste Morrn geiht he wieder, un as he Hunger kriggt, do blaast he up'e

Fleut. Do kamen dar twee grote Hünne, un de eene hett en Wust un de anner en Broot in't Muul. Hans itt sik satt un geiht wieder. Hen to Avend kümmt dar en Wulf un will em to Kleed. Do blaast he up'e Fleut, de Hünne sünd dar un rieten de Wulf in Stücken. As he de anner Dag Hunger kriggt, blaast he wedder up'e Fleut, un de Hünne bringen em Broot un Wust, un de drütte Dag jüst so. Un as an'e tweete Dag hen to Avend en Baar ankümmt un will em to Kleed, do blaast he up sin Fleut, un de Hünne sünd dar un rieten de Baar in Stücken.

An'e drütte Dag hen to Avend kümmt he na en Höhl, dar wahnt en Minschenfretersch mit ehr Soehn. Hans fraagt um en Nachtlager, un dat sünd se em geern günnen, denn se woe'n em bi Nacht afmurksen un upfreten. Man dar kümmt nix na! As se bi Nacht in sin Kamer kamen un em dootmaken woe'n, do blaast he up sin Dwerfleut. Do kamen de Hünne un rieten de Minschenfretersch samt ehr Soehn in Stücken.

As Hans de anner Morrn waak ward, do is he merrn in en grote Stadt, dar hebben de Hünne em bi Nacht hendragen. Un de Kröger kümmt rin un vertellt, letzte Nacht hett de Draak de Prizessin weghaalt, un de ehr t'rüggbringen deit, de schall ehr to Fruu hebben un König warrn. Do geiht Hans rut un achter de Draak ran. Nich lang', do kümmt he wedder in't grote Holt, un ünner en grote Eek liggt de Draak, un de Prinzessin kleit em de Kopp. Hans ritt de Prinzessin weg, do ward de Draak waak un will em upfreten. Do blaast he up sin Fleut, de Hünne sünd dar un rieten de Draak in Stücken.

Do bringt he de Königsdochter hen na ehr Vadder, un de fraagt em, um he ehr hebben will. Ja, seggt Hans, se süht meist ut as sin Mudder, blots jünger un stolter, darum will he ehr hebben. Un do maken se Hochtied un leven lange Tied tosamen in Freden un Freud.

De ünnereerdsche Naver

Dar is mal en Buer we'n, de hett en grote Hoff hatt,
man he hett nix hatt as Misswass un Unglück mit
sin Veeh, un toletzt is de Hoff em fleuten gahn. He
hett meist nix mehr oever hatt, un vun dat beten,
wat em bleven is, dar köfft he sik en lütte Sück Land
wiet af vun'e Stadt, merrn in't düüstere Holt un in'e
Wildnis.

Mal geiht he oever sin Hoff, do bemött he en Mann.
„Gu'n Dag, Naver", seggt de Mann. Do wunnert de
Buer sik, dat de anner „Naver" to em seggt, he hett
ja dacht, he is dar buten alleen. Man do wiest de an-
ner em sin Hoff, un de liggt gar nich wiet af vun sin
eegne, un de is so staatsch un so smuck un in Stand,
so wat hett he noch nich sehn. Do markt he, de an-
ner, dat is een vun'e Ünnereerdschen, man dar is he
nich bang' vör. He laad't de anner in, he schall man
mal sin Beer probeern, un de anner lett sik dat sme-
cken.

Do seggt de Naver, he mutt em wat to Gefallen doon.
Denn schall he man mal hören laten, wat dat denn
is, seggt de Buer. Ja, seggt de anner, he mutt sin
Kohstall verleggen, de steiht em in'e Weg. Nee, seggt
de Buer, dat deit he nich. In'e Sommer hett he 'n
eerst nüü buut, un nu geiht dat up'e Winter to, wat
he denn woll mit sin Veeh maken schall. Ja, seggt de
anner, he schall man doon, wat he will, un ritt he 'n
nich dal, denn so ward em dat noch leed doon. Un
denn geiht he. De Buer wunnert sik un weet nich,
wat he maken schall. Hen to Winter de Stall dal-
rieten, dat dücht em doch heel un deel beschüert, un
he hett ja uck meist keeneen, de em helpen kann.

Mal steiht he in'e Stall, un do sackt he dal in'e Grund. Nedden, 'nem he henkümmt, dar is dat allens bannig fein. Allens is vun Gold un Sülver. Un do kümmt uck de Mann, de seggt hett, he is sin Naver, un seggt, he schall man sitten gahn. Nich lang', do ward dar feine Eten up sülverne Platen un Beer in sülverne Kröös updragen, un de Naver laadt't em in, he schall sik dalsetten un tolangen. De Buer truut sik nich un seggen „Nee" un sett sik dal an'e Disch, man jüst will he mit'e Lepel in'e Schöttel langen, do fallt dar wat dal vun'e Boehn in't Eten, un do vergeiht em de Aptit.

Ja, süh, seggt de Ünnereerdsche, dar kann he mal sehn, wat se vun sin Köh kriegen. Nie nich koenen se in Ruh eten, so draa as se sik dalsetten, fallt dar Schiet dal, un sünd se uck noch so hungerig, denn vergeiht se de Aptit, un se koenen nix mehr dalkriegen. Man wenn he em de Gefallen doon will un verleggen sin Stall, seggt he, denn so schall em dat nümmer nich fehlen an Fudder un gude Aarn, eendoont, wo oolt he uck warrn mag. Man wenn he nich will, denn so schall he all sin Levdag nix hebben as Misswass

As de Mann dat hört, do geiht he gau bi un rieten sin Stall dal un buun 'n an en anner Stä' wedder up. Man he mutt nich alleen buun. To Nacht, wenn allens slöppt, denn wasst de Buu jüst so as bi Dag, un do markt he, de Naver helpt em.

Un uck laterhen deit em dat nich leed, he hett Fudder un Koorn nugg, un sin Veeh is ümmer glatt un schier. Mal is dat en leege Jahr, dat Fudder is so knapp, he denkt al, he mutt sachs sin halve Veeh slachten oder verkopen. Man een Morrn, do kümmt de Kohdeern in'e Stall, un do is de Hund weg un mit 'n all sin Köh un dat ganze Jungveeh. Do ward se ja blarrn un geiht hen un vertellt dat de Buer. Man de denkt, dat is sachs de Naver we'n, de hett dat Veeh up'e Weid nahmen. Un sodennig is dat uck, un hen to Fröhjahr, as dat grön ward in't Holt, do süht he een Dag sin Hund mit Bellen un Springen an'e Holt-kant ankamen, un achter 'n kamen all de Köh un all dat Jungveeh, un dat is all so blank, dat is en Freud un kieken dat an.

De Preester mit de starke Predigt

Dar is mal en Buer we'n, de is so doesig we'n, sin eegne Huus in't Dörp hett he blots dar an kennt, dat dar en Kassberboom vör de Dör stahn hett. Elkeen Morrn, wenn he to Feld geiht, denn gifft sin Fruu em een Stück Broot mit, dar mutt he mit utkamen bet hen to Avend.

Mal kümmt dar en Wannersmann bi em an un fraagt um wat to eten. Do seggt de Buer, he hett man een Stück Broot, un he wiest em dat, man in't Dörp, seggt he, dar steiht en Huus un darvör en Kassberboom, dar wahnt he. Dar schall he man hengahn, seggt he, un schall sik mehr geven laten, sin Fruu is to Huus. De Wannersmann, dat is en Snieder, un de geiht to Dörps, söcht dat Huus un seggt to de Fruu, ehr Mann hett em schickt, se schall em wat geven. Do gifft se em arig wat, denn he is en smucke Keerl, un se mag em geern lieden.

Nu vertellt se em, dat se dat so leeg drapen hett mit ehr doesige Mann, un se wull em to un to geern loswarrn. O, seggt de Snieder, dat is ja licht to, wenn se em heiraden will, seggt he, denn so will he woll all dat Anner besorgen. As de Oolsch dat hört, do kann se sik meist gar nich wedder inkriegen vör Freud, se fallt em um'e Hals un is heel un deel glücklich. Se schall em eerstmal de Saag geven, seggt de Snieder, un mit em vör de Dör gahn. Na, dat schüht, un do sagen se de Kassberboom af liek oever de Wuddel un slepen 'n in'e Schüün. So, seggt de Snieder, nu sünd se borgen, nu woe'n se lustig leven. Do huseern de beiden mit de Buer sin suer verdeente Geld, dat is en Sünn un Schann; Wien un Braa koenen gar nich all warrn.

As de Buer ferdig is mit sin Arbeit up't Feld, do drifft he mit sin Ossen t'rügg na't Dörp. Un dar söcht he de Straat up un dal na dat Huus mit de Kassberboom vör de Dör, man he kann un kann dat nich finnen. Upletzt seggt de Snieder – de sin Hart is doch noch nich ganz so leeg we'n as de Oolsch ehr – de seggt, se woe'n em man de Nacht noch mal bi sik Harbarg geven, de anner Dag mag he denn sehn, wodennig he klaar kamen deit. He geiht an'e Dör, un as de Buer wedder vörbi kümmt mit recht so'n bedröövte Gesicht, do röppt he em an un fraagt em, wat em fehlen deit. Och, seggt de Buer, he söcht sin Huus, dar steiht en Kassberboom vör, un he kann dat nich finnen, liekers he dar doch letzte Nacht in slapen hett. He schall em doch man seggen, wonem he sin Huus mit de Kassberboom finnen kann. Do seggt de Snieder, he is in dat Dörp baren un tagen, man en Huus mit en Kassberboom vör hett he dar nie nich sehn. He mutt woll in en anner Dörp to Huus we'n, seggt he, man dat is ja al so laat, darum schall he man mit em kamen un de Nacht bi em blieven. Do is de Buer bannig dankbar un gifft de Snieder truuschullig de Hand, denn drifft he sin Ossen in'e Stall, un de Snieder geiht mit.

In'e Stall kickt de Buer sik um un seggt, dat is ja gediegen, wenn de dare Stall nich de Anner tohören dä, denn so harr he dar up swören kunnt, dat weer sin. Wat dat denn för'n doesige Snack is, seggt de Snieder, he meent doch woll nich, he hett em de Stall wegnahmen. Ih bewahre, seggt de Buer, een Stall kann ja sachs mal de anner liek sehn.

As de Deerten versorgt sünd, seggt de Snieder, he schall man mit rinkamen un eten mit se to Nacht.

Ja, geern seggt de Buer, he hett grote Smacht, un he geiht mit de Snieder in't Huus.

As se in de Döns rinkamen, do sitt de Oolsch dar un stricht. De Buer süht sik um, kickt de Oolsch an un seggt, dat is doch gediegen, wodennig een dat gahn kann. Wenn he nich weeten dä, he weer in de Anner sin Huus, denn so harr he dar up swören mucht, dat weer *sin* Döns un dar seet sin Fruu. Wat em denn wull bikümmt, röppt de Snieder, eerst seggt he, em dücht, dat is sin Stall, un nu schoe'n woll uck noch gar dat Huus un de Fruu sin we'n. Nee, nee, seggt de Buer, en Huus un en Fruu koenen sik ja sachs mal liek sehn, dat is em man blots so vörkamen.

Do setten se sik dal un eten, un denn gahn se all to Bett. Do besnackt de Snieder dat mit de Oolsch, wat se nu maken schoe'n. Upletzt fallt de Snieder wat in. He hett in ehr Kleederschapp en swatte Kleed hängen sehn, seggt he, dar will he de anner en Preesterrock un en Preesterkapp vun maken, un vör all dat Anner will he al upkamen. Do haalt se gau dat Kleed un Nadel, Tweern un Scher, de Snieder jumpt up'e Disch un neiht vörföötsch los, un vör Dau un Dag is de Antog klaar, un he leggt 'n de Buer vör't Bett.

De neegste Morrn ward de Buer waak un will sik antrecken, un do finnt he de Preesterrock mit de Preesterkapp. Do is he heel verbaast un seggt to sik sülven, he hett doch meent, he weer en Buer, un darbi is he en Preester. Wat 'n sik doch allens inbillen kann! Un he treckt sik an un geiht in de Döns, un as he rinkümmt, do stahn de Snieder un de Oolsch up vör em un begröten em as „Herr Paster". De Buer schüttkoppt un fraagt sik nochmal up't Geweten, um he dat is oder nich. Do fraagt de Snieder em, um de

Herr Paster denn al so fröh wieder will, un de Oolsch seggt, se will de Herr Paster eerst noch en feine Tass Kaffe kaken. Nee, seggt de Buer nu to sik sülven, he is keen Buer, he is doch woll en Preester. Truuschullig as he is kann he sik nich vörstellen, dat een so falsch is. He nimmt de Kaffe mit Dank an, itt un drinkt un reist denn wieder, man de Snieder un de Oolsch, de lachen sik in'e Fuust.

Hen to Middag kümmt de Buer na en Dörp, dar is jüst de Preester dootbleven, un nu söken de Buern en nüe een. Do kümmt unse Buer se jüst recht, un se bringen em foorts in't Preesterhuus, un de neegste Dag – dat is jüst en Sünndag –, do schall he dat eerste Mal predigen. De Gott en Amt gifft, de gifft he uck de Verstand, denkt de Buer.

Namiddags geiht he los, he will en Text för sin Predigt finnen. Do kümmt he an en Water, dar swümmt en Korf up. Süh, seggt he, dar hett he ja al wat: Corvum. Denn kümmt he an en Wisch, dar steiht en Koh up un fritt Kleever. Dat geiht ja fein, denkt he, dat maakt „Corvum Kohkleeverum". Denn kümmt he an'e Weg, dar sitt en ole Fruu. So, denkt he, nu hett he de Text: Corvum Kohkleeverum de ole Mamium. Un he geiht na Huus un lett veer Timmerlüüd kamen, de schoe'n de neegste Morrn up'e Kirchenboehn gahn, elkeen mit en Äx. Wat se dar schoe'n, dat flustert he se in't Ohr.

De neegste Morrn sitt de Gemeen in'e Kirch, un do klarrt he rup up'e Kanzel un seggt, nu will he sin Predigt anfangen, un de Text darto, de is so stark, seggt he, Holt un Steen in'e Kirch verfehrn sik dar vör un knacken un bassen, so nimmt se dat mit, un sin Tohörers, seggt he, de warrn dat Blarrn un Jammern kriegen, as weer dat jüngste Gericht dar. Oha, seggt de eene Buer to de anner, as se hosten un sik snuven, dat is mal recht so'n Preester för se, de versteiht dat.

Nu snackt de Preester wieder. Sin Text, seggt he, de geiht so: „Corvum Kohkleeverum." Do haun twee vun de Timmerlüüd mit se's Äx up'e Boehn, de Kalk un Lehm regent dar man so dal. „De ole Mamium!" bölkt de Preester, un do gahn se all veer mit se's Äx tokehr, de Putz fallt in grote Stücken vun'e Boehn, un de Buern lopen all rut ut'e Kirch, se sünd bang', dat Dings fallt tosamen. Man de Preester geiht tofreden na Huus.

Do kümmt de Burmeister mit de Gemeenderaat na em un seggt, se's Kirch is nich buut för so'n starke Predigten. Man se woe'n een as em doch geern as Preester behollen, un darum, wenn em dat recht is, denn so woe'n se em noch en Hülpsmann geven. Dat schoe'n se man doon, as se dat för richtig hollen, seggt de Preester. Do kriggt he en Hülpsmann, predigen mutt he nich mehr, un he hett moje Daag bet an sin Enne.

Dat Märken vun't rode Meer

Dar is mal en rieke Buernhoff we'n mit en Buer, de hett dree Soehns hatt. Nu dröppt sik dat so, elkeenmal, wenn de Buer hett de Fröhjahrssaat in'e Eerde kregen, denn so gifft dat een Sommernacht en grote Unwedder un maakt de heele Saat toschannen. Sodennig is dat twölf Jahr achter'nanner passeert. Do hett de Buer de Näs vull un seggt, he will dat Sei'n man nalaten, he kriggt dar ja doch nix vun. Do fraagt de öllste Soehn, um he nich dörf de Vadder sin Feller besei'n. Ja, dat dörf he ja geern. Un do kriggt de Soehn dar Miss up un kriggt de Saat in'e Eerde. Tja, in'e Sommer kümmt denn wedder desülve Nacht, un em geiht dat jüst so as sin Vadder.

Do fraagt de tweete Soehn, um he dat mal versöken dörf. Na, he fahrt Miss, plöögt un eggt un kriggt de Saat in'e Eerde. Un as de dare Nacht dar is, 'nem dat Unwedder kamen mutt, do leggt he sik up'e Luer. Do gifft dat to Middernacht en sodennige Storm, de Böme in't Holt fallen dar um vun. Do geiht he na Huus un to Bett. As he de neegste Morrn hoochkümmt, do is dat Feld jüst to rungeneert as ehrdem.

Do fraagt de jüngste Soehn, Klaas heet he, um he uck mal sin Glück versöken dörf. Man de Ole will dat nich hebben, de Schaden ward ja ümmer grötter. Un de Jung hett ja uck keen Saat un nix, dar mutt sin Vadder em ja mit uthelpen. Na, toletzt kriggt he doch Verlööv, he dörf de Feller insei'n. In de dare bestimmte Nacht leggt he sik up'e Luer, un as dat Unwedder hoochkümmt, do leggt he sik ünner en Stegg, de geiht dar oever en Graav.

Do kamen dar dree Vageln dalflagen up'e Brügg, un de smieten se's Fedderkleeder af, un do sünd dat

dree junge Deerns. De eene löppt vörut up't Feld un
fangt an un pedden de Saat dal, de anner beiden ach-
terran. Do springt Klaas gau ünner de Brügg rut un
grappst sik de Fedderkleeder. Twee vun de Deerns
warrn dat wies, dreihn foorts um un rieten em se's
Kleeder ut'e Hand, man de drütte, de is nich fix nugg
un kriggt ehr Kleed nich wedder. Do snackt se up'e
Jung in, wat denn woll ut ehr warrn schall, fraagt se,
wenn he ehr dar beholen deit. He lett ehr nich tre-
cken, seggt he, wenn se nich sin Vadder de Aarn vun
tein Jahr betahlt un elk vun sin Bröder de vun een
Jahr. Mit wat se dat denn betahlen schall, fraagt se,
se hett ja nix bi sik. Un denn snackt se em to, he
schall ehr man to Fruu nehmen, anners hett se ja
nix to geven. Dar is de Jung mit inverstahn. Do gifft
se em en Ring un seggt, de schall he an sin Finger
steken, un darmit is se mit em verspraken. Do lett
he ehr los, un se maken af, dar schall tostellt warrn
to de Hochtied, un to en bestimmte Tied will se to de
Hochtied kamen.

As Klaas hett dat Upgebott verlesen laten, de Hoch-
tied is richt't un all de Hochtiedsgäste sünd dar, do
luern se denn up'e Bruut. Man dat lett, as wull se
nich kamen, un Klaas kriggt dat rein mit de Angst.
Dat hett jüst Klock twölf slaan, do geiht he rut, he
will mal sehn, um dar wat to hörn is. Do dücht em,
he hört Schellen klingeln, as vun en Perdegeschirr.
Do kümmt de Bruut anfahrt mit luder griese Perde.

As denn de Hochtied mit Eten un Drinken un Kano-
nendunner fiert wurrn is, do schickt de König – de
hett sin Slott dar in de Neegde – de schickt en
Knecht hen un lett fragen, wat se dar to schöten heb-
ben. De Knecht kümmt denn t'rügg un vertellt de
König, de Naver sin jüngste Soehn hett sik verhei-

rad't un hett en bannig smucke Fruu kregen. Do
kümmt de König sülven un will sik de Bruut ankie-
ken, un he is heel verbaast, so smuck as se is, un he
seggt to Klaas, um dat he hett so'n smucke Fruu kre-
gen, dar mutt he vunnacht en heele Eekenholt för
dalhaun.

Do verfehrt Klaas sik. Wodennig schall he de denn
dalkriegen? Un he vertellt dat sin Fruu, he weet
nich, wodennig he schall de dare Arbeit ferdig krie-
gen. Man se seggt, he schall sik man keen Sorgen
maken. Un to een vun de Deenstdeerns seggt se,
wenn de Klock twölf sleit, denn so schall se dat beste
vun de griese Perde vör de Trepp bringen. Slag Klock
twölf is de Deern dar mit dat Perd, un do seggt de
Fruu to Klaas, he schall dar rup stiegen un in Ga-
lopp in de König sin Eekenholt rieden. Se gifft em en
lütte Biel mit un seggt, wenn he dar de lüttste Eek
mit umhaut, denn schall he seggen: „Mit düsse Slag
schoe'n all de Eeken fallen." Sodennig ward dat Holt
umhaut as to en Swadd. As he wedder to Huus an-
kümmt, fraagt sin Fruu em, wodennig dat gahn hett.
Ja, seggt he, de Böme liggen all platt.

De neegste Morrn kümmt de König un seggt, he is ja
so stark, denn so schall he de Böme nu all wedder
uprichten. Do lett he wedder de Kopp hängen un
weet nich, wodennig he dat anstellen schall. Man sin
Fruu seggt, dar schall he sik man nich um quälen,
dat kümmt allens torecht. Klock twölf in de Nacht
kümmt wedder de Deenstdeern mit datsülve griese
Perd. Un de Fruu seggt to Klaas, wenn he dar in't
Eekenholt mit ringaloppeert, denn so schall he de
lüttste Eek upbören un seggen: „Düsse stell ik up, de
anner Böme schoe'n uck all upstahn!" He deit dat, un
do stahn all de Böme wedder up. He kümmt na

Huus, un sin Fruu fraagt, wodennig dat gahn hett. Ja, seggt he, all de Böme stahn wedder.

Do gifft de König em Order, he schall de Sloeteln söken to en Slott, de sünd to sin Grootvadder sin Tieden verlaren gahn. He is ja so stark, seggt he, vellicht weet he ja uck allens. Do kümmt Klaas ja wedder böös in'e Kniep, un he vertellt dat sin Fruu. Se seggt, he schall man nich bang' we'n, de warrn sik al finnen. He schall de neegste Morrn up dat griese Perd stiegen, dat löppt denn mit em na en Kirch un blifft dar stahn. De Kirchendör geiht denn vun sülven up, un denn schall he dar rin gahn un vun de Achterwand de Sloeteln halen. Man wenn he weggeiht, denn schall he sik jo nich umdreihn. Na, he ritt ja hen up'e Griese, haalt de Sloeteln un will wedder wegrieden. Do röppt dat achter em, he schall anholen, he hett dar wat wegnahmen. He dreiht sik um – un dat Perd smitt em af.

Man dat Sloetelbund flüggt em ut'e Hand un fallt vör de Griese dal un blifft an de sin Foot hängen. Do kriggt de Griese de Sloeteln faat mit de Tähns un bringt se na de Fruu. De bringt se na de König hen un fraagt, wonem ehr Mann woll afbleven is, he lett em ja all so'n Stücken utföhren, vellicht is he to Mallör kamen. Man de König meent, se schall sik man keen Sorgen maken, so'n Fruunsminsch as se, seggt he, de kriggt sachs en anner Keerl wedder. Man se luert en ganze Jahr, dat Klaas t'rüggkamen schall.

Do verlangt de König, se schall sin Fruu warrn. Do mutt se mit em to Kirch gahn, man vörher hett se to de Deenstdeern seggt, ehr Mann ward sachs nich kamen, man wenn doch, un he kümmt vör de Kirch, denn so ward he tohööcht fleegen. Denn schall de

Deern uppassen, in wat för'n Richt he fleegen deit, un se schall to em seggen, se, sin Fruu, wahnt achter dat swatte un witte Meer in en ünnergahne Slott in't rode Meer. Man dar kann he nie nich henkamen.

Na, Klaas, de quält sik wieldes ja vöran, un do kümmt he bi en Kirch, un up'e Kirchhoff sünd dree Mannslüüd. De bölken na em, he schall nich wiedergahn, he schall mal na se henkamen. Do geiht he dar hen. Un do hebben se dar dree Dinger, de woe'n se ünner sik deelen. Dat sünd al ole Keerls, un se sünd al se's heele Leven mit dat Deelen togang', man se sünd sik noch nich eenig wurrn. Do seggen se to em, he schall de Dinger ünner se verdeelen. Dat is en Hoot, en Paar Schechtsteveln un en Swert. Do nimmt he de Hoot un fraagt, wat dat darmit up sik hett. Ja, seggen se, wenn een de dare Hoot upsetten deit, denn so kann em keeneen sehn. Do sett he de Hoot up un fraagt, um se em nu sehn. Nee, seggen se, nu sehn se em nich mehr. Do fraagt he, wat dat mit de Steveln is. Dar kann een so wied mit utpedd'n, seggen se, as een kieken kann. Un wat een mit dat Swert maken deit, will he weeten. Tja, seggen se, dat bruukt een in'e Krieg, wenn 'n dat swunken deit, denn so fallen de annern all doot um.

In en Ogenblick hett Klaas de Steveln an un kümmt jüst vörbiflagen, as sin Fruu to Kirch geiht. Do fraagt de Fruu de Deenstdeern nipp un nau ut, in wat för'n Richt he flagen is. Na Oosten, seggt se.

Na en Tied kümmt he an en Huus, dar will he Nacht blieven. He hannelt mit Perde, hett he se vertellt. Do laden se em in, he schall mit se eten, un denn gahn se slapen. De neegste Morrn wiest de Kröger em sin Spiekers. Do is de eerste vul Kopper, de tweete is vull Sülver un de drütte vull Gold. As de Kröger ut de Spieker rutkümmt, do dreiht he sik um. Düvel uck, wonem is de Keerl afbleven? Man Klaas hett sin Hoot upsett un hett sin Rucksack vullmaakt mit Goldstücken. De Kröger söcht un söcht em un geiht wedder rin in'e Spieker, man de Jung is nich to finnen. Do ward he wies, in't Gold is en grote Kuhl, un do seggt he, dat is woll en Spitzboov we'n, wenn he uck seggt hett, he hannelt mit Perde. Wieldes is Klaas al en ganze Enne oever't Feld gahn un hett de Hoot afnahmen. Do ward de Kröger em denn wies, man he is al to wied weg.

Klaas is de Weg langgahn, de he gahn mutt för un kamen na sin Fruu. Een Dag kümmt he an dat witte Meer. Dar geiht he an'e Strand lang un kümmt an en lütte Huus, dar wahnt en Deern in mit en Näs, dree Elen lang, de is bi un böten in. Se fraagt em, wonem he hen will. He will na de anner Siet vun't Meer, seggt he. Se will em geern oeversetten, seggt se, man darför verlangt se een vun sin Hänne as Lohn. Um ehr nich uck Gold recht is, fraagt he, dar hett he de heele Rucksack vull vun. Nee, seggt se, dar will se nix vun hebben. Nu is dat fastleggt, dat he ehr de Hand al vör de Oeverfahrt geven schall, man he seggt, de schall he ehr man noch laten, denn so kann he dat Roor holen, wieldes se rojen deit. De Reemens to de Boot sünd föftig Fadens lang. Se hebben al en ganze Enne reemt, do kriegen se dat anner Över up Sicht. Do sett Klaas sin Hoot up un stiggt ut de Boot ut. Do söcht de Deern em in'e Boot un ramentert dar rum. Wonem de Jung afbleven is, futert se, de hett ehr ja nu gar nix geven, nich Gold un nich de Hand.

Klaas geiht denn an'e Strand vun't swatte Meer lang un finnt wedder en Huus, dar wahnt uck en Deern, de hett en Näs vun söss Elen, man snacken deit se heel maneerlich. Ehr bestellt he vele Gröten vun ehr jüngere Süster, de hett em oever dat witte Meer sett, seggt he. Do ward de Deern foorts dull un kriggt dat Bölken, dat se em oeversett hett un hett em nich mal en Hand nahmen as Fährlohn. Do wiest he ehr sin Rucksack un seggt, he hett ehr mit Gold betahlt, man he hett dar noch nugg vun na. Do kümmt se noch duller in Raasch, för Gold hett se em al gar nich oevertosetten. Na, he snackt denn up ehr in, dat se em doch oeversetten schall. Ja, seggt se, se will dat doon, man dar nimmt se em beide Hänne för. Se gahn denn dal an'e Strand, un se seggt, he schall sin Hänne herlangen, se will se afhauen. Man he meent, se schall se em man noch laten, denn kann he dat Roor holen, un wenn se denn güntsiet sünd, denn schall se se nehmen. Ja, dat is denn eendoont, seggt se, denn nimmt se se güntsiet. As se denn meist an-langt sünd, do sett he wedder sin Hoot up un jumpt an Land. Un de Deern blifft in ehr Boot un scha-futert dar rum.

He wannert wieder un kümmt an'e Strand vun't rode Meer. Dar sitt in en Stuuv en Deern mit en Näs vun negen Elen, dar hett se dat Füer mit raakt, denn dat Holt brennt beter, wenn een dar in raaken deit. To ehr seggt he, he schall ehr gröten vun ehr Süstern. Do fraagt se em, un se snackt noch bannig dör de Näs, wodennig he dar henkamen is, fraagt se, un hett doch noch beide Hänne. De harrn se em doch beide afnehmen musst. Ja, seggt he, he hett se mit Gold betahlt. Düsse Süstern, schimpt se, wenn se dar henkümmt, denn schoe'n se aver wat beleven! Em för Gold oeversetten, wo se doch beide Hänne harrn nehmen schullt! Man denn lett se sik doch begööschen un fraagt em, wonem he denn hen will. He will na dat ünnergahne Slott, seggt he, dat dar merrn in't rode Meer liggt, un 'nem man nix vun süht as de boeverste Spitz. Do seggt de Deern, se is krüüz un quer oever dat heele Meer schippert, man so'n Slott is se noch nümmer nich wies wurrn. Liekers gahn se de neegste Morrn dal an'e Strand. Do röppt de Deern na al de Vageln ünner de Heven, se schoe'n kamen, se will mit se snacken. Do kamen all de Vageln an, groten un lütten. Un se fraagt se, um se nich hebben in't rode Meer en ünnergahne Slott sehn, 'nem nix vun ut't Water kickt as de boeverste Spitz. Nee, seggen all de Vageln. Do seggt se, se schoe'n wedder afhulen.

Denn röppt se all de Fisch in't Water, se schoe'n kamen, se will mit se snacken. Un se fraagt wedder, um se nich hebben in't rode Meer en ünnergahne Slott sehn, 'nem nix vun ut't Water kickt as de boeverste Spitz. Nee, seggen all de Fisch, dar hebben se nix vun sehn. Do seggt se, se schoe'n man afhau'n.

De anner Fisch sünd man knapp weg, do kümmt dar noch en Wallfisch achterran. Do ward se schimpen, dat de nich is to rechte Tied dar we'n. Do vertellt de Wallfisch, as 'n herswummen is, do is 'n an en ünner-gahne Slott kamen un is dar an en Eck hängen bleven mit sin Floss. Dat hett em upholen. Do seggt se to de Fisch, dat 'n sik wedder afglieden kann. As de Wallfisch do wedder wegswümmt, do sett Klaas gau sin Hoot up un stiggt up'e Fisch sin Rügg, un as de Wallfisch an't Slott vörbiswümmt, do jumpt he af un stellt sik up'e Spitz vun't Slott. As nu de Lüüd ut dat Slott rutkamen, do fallt de Hoff ganz dröög.

Do kümmt dar en Deenstdeern, se will Water halen to drinken för de Bruut, de mal sin Fruu we'n is. Klaas hett ja noch de Ring an'e Finger, de he ehr do up't Feld afnahmen hett, as se de Saat dalpedd't hett. Do nimmt he de Ring un smitt 'n in'e Kroos, un denn geiht he mit de Deern na't Slott rin. Man he hett ja noch sin Hoot up un keeneen kann em sehn. Denn hör'n se de Ring in'e Kroos kloetern un wunnern sik all, wat dar kloetern mag. Do finnt de Bruut ehr Ring, un se kennt 'n ja foorts wedder as de Ring, de ehr Mann ehr afnahmen hett, un se wunnert sik, wodennig de dar henkamen mag. Do nimmt he gau sin Hoot af, sodennig freut he sik. De neegste Morrn fleegen se up de Fruu ehr Flünken na Klaas sin Hoff. Un he fangt en Krieg an mit de König. Un do swunkt he sin Swert, un do verleert de König al sin Kraft un blifft doot. Do ward *he* König, un sin Fruu ward Königin, un se's Nakamen, de regeeren dar noch.

De starke Jochen

Dar is mal en Buer we'n, de is al soeven Jahr verhei-
raad't we'n, man ümmer hett sin Fruu em noch keen
Kind baren. Upletzt hett de leeve Gott en Insehn, un
dar freut de Buer sik so dull oever, he seggt to sin
Fruu, wenn dat en Jung ward, denn so schall he
Jochen heeten, un se mutt em soeven Jahr lang de
Bost geven, un se schall nix anners doon as eten,
drinken un mit de Jung Kaarten spelen. Un so as he
dat hebben will, sodennig kümmt dat uck: De Fruu
kriggt en lütte Jung. De Buer nimmt denn en nüe
Deern an, de deit de Fruu ehr Arbeit, un *se* itt un
drinkt blots un gifft de Jung de Bost, un as he en
beten öller is, do spelt se Kaarten mit em. Döfft ward
he up'e Naam Jochen.

De Mudder ehr gude Leven bekümmt Jochen bannig
guut, un al dat eerste Jahr ward he so stark as en
grote Jung, un to Mudder ehr Titt itt he Dag för Dag
en heele sülvstbackte Broot. In't tweete Jahr moeten
se em al twee Bröde geven, in't drütte dree, un in't
soevente Jahr bölkt he vör Hunger, wenn he nich
kann soeven Bröde upeten. Sodennig is dat ja keen
Wunner, dat he groot un stark ward as en Ries, un
Kaarten spelt he so fein, so fein, dar is em keeneen
oever bi up'e heele Welt.

De Dag, as he vun'e Titt afkümmt, nimmt sin Vad-
der em mit to Feld un gifft em en Swep, he schall de
Perde andrieven. Wat he denn mit dat dare Ding
schall, fraagt he un ward meist dull. Un denn geiht
he an'e Holtkant un ritt en junge Böök söss Toll dick
ut'e Grund. Wat he dar denn mit will, fraagt de Ole
un is rein verfehrt. De Perde andrieven, seggt Jo-
chen un hett uck al dat eene Perd, dat nich mehr

wieder will, een oeverneiht un hett 'n dat Krüüz braken, un dat fallt doot um. Do kriggt de Buer dat mit'e Angst un will utspannen un wedder na Huus. Uphört ward, wenn *em* dat passen deit, seggt de starke Jochen, un do hollt de Buer dat Muul un plöögt mit em bet hen to Avend, wenn em uck Hunger un Dörst plagen doon.

As se na Huus kamen, do steiht de Fruu al vör de Dör mit de Arms in'e Siet un will al losschimpen, dat se so laat an't Huus kamen doon. Man de Ole röppt, se schall still swiegen un nimmt ehr bisiet un vertellt ehr, wodennig dat togahn is. Un do warrn se sik eenig, se woe'n tosehn un warrn de starke Jochen los, so draa as't angahn kann. Un so seggt de Buer de neegste Morrn to sin Soehn, he is nu soeven Jahr oolt un stark nugg för un gahn in de Frömde. Un he gifft em dree Daler Geld, soeven sülvstbackte Bröde un en halve Swien, dar schall he sik mit nähren. Dat, dücht de starke Jochen, is en gude Raat, un he nimmt Geld, Broot un Fleesch un schechelt afste'. Buten vör't Dörp blifft he eerstmal stahn un itt allens up eenmal up. Denn geiht he rup na de Herrenhoff un fraagt de Eddelmann, um he nich kann en Knecht bruken. De Herr ward Jochen sin starke Knaken wies un denkt, de Bengel kümmt em jüst recht, de will he nich lopen laten. Un do ward Jochen de Eddelmann sin Knecht, un se maken af, bet Martensdag schall he bi em in Deenst blieven.

Klock twölf kloetern se to Middag, un do kümmt dar en grote Ketel mit Arften un en arige Fatt mit Swienfleesch up'e Disch. Man ehrer de annern sik dat versehn, hett Jochen al allens upeten, un för de annern is nix mehr na. Un dat langt em noch nich mal, he will mehr hebben, de dare paar Brockens, de verslaan ja nich. De Eddelmann schüttkoppt, man he lett vun frischen updischen, un denn gifft he de Knechten Order, se schoe'n to Holts fahrn un Eeken- holt halen.

De Lüüd sünd al lang' in't Holt, do kümmt de starke Jochen achterran un fraagt, wat för'n Böme se neh- men. De utteekent sünd, seggen de Knechten ver- grellt, se sitten ja noch vull Arger vun wegen dat feine Eten, wat Jochen se för de Näs wegfreten hett. Wovel Böme se denn nehmen, fraagt Jochen wieder. Een, seggen se, dat is nugg för de Waag. Warum se denn hebben so vel Äxten mitnahmen. He is en Does- kopp, seggen se, anners koenen se doch de Böme nich umhaun. Dat is he anners wennt, seggt de star- ke Jochen un kriggt mit elkeen Hand en dicke Eek- boom bi de Topp un ritt de Stämm samt Wuddeln mit een Ruck ut'e Grund. Denn smitt he se up'e Waag un drifft de Perde an för un fahren t'rügg. Man de stackels Deerten koenen de Last nich trecken. Uck guut, seggt de starke Jochen un leggt de Perde baven up de Stämm, spannt sik sülvst vör de Waag un treckt dat Föder suutje achter sik ran, as harr he dar blots en paar Klapp Stroh up.

Vör't Holt, dar is en Hollweg. Dar warrn de starke Jochen de soeben sülvstbackte Bröde un dat halve Swien, de Ketel mit Arften un dat Pökelfleesch knie- pen, un do huukt he sik dal, un as he wedder hooch- kümmt, do is vun de Hollweg nix mehr to sehn. Allens is so glatt un schier, as wenn't en evene Straat weer. Dar freut de starke Jochen sik to, un nu geiht't nochmal so guut mit'e Waag. Man as de Eddelmann em so ankamen süht, do verfehrt he sik gewaltig, he meent, de Düvel kümmt un will em halen. Man denn ward he Jochen kennen un röppt, wat dat denn is. Dat is Buuholt, seggt Jochen. Man mit Topp un Stubben, seggt de Herr. Se moeten sparen, seggt Jochen, de Telgens fengen licht un de Stubben holen lang' vör. Wo denn de annern afblieven, fraagt de Herr. Och, seggt Jochen, de kamen achterher. Man de Herr kann luern un luern, se kamen nich na Huus. Do seggt de Herr to Jochen, se woe'n mal na de annern kieken. He hett sin Arbeit daan, seggt Jochen, man wenn he soeven fette Hamels hebben schall un en halve Wispel[1] Kartüffeln, denn so will he dat woll doon. Ja, seggt de Eddelmann, dat schall he allens hebben, wenn he de anner Dag wedder ut'e Deenst geiht. Dat is Jochen tofreden, un so gahn se hen na't Holt. Kiek, do sitten se all mit Perd un Waag fast in'e Hollweg un koenen nich vörwarts un nich t'rüggaars. Dat is sin Schuld, seggt Jochen, un he kriggt de Wagens een na de anner faat an'e Dietsel, en Ruck, un do sünd se rut ut'e Hollweg un koenen wiederfahren.

To Avendbrood kriggt de starke Jochen de soeven fette Hamels un de halve Wispel Kartüffeln, as de Eddelmann em dat toseggt hett. Man de neegste Morrn kriggt he sin Jahreslohn utbetahlt un kann wedder hengahn, 'nem he herkamen is. Un dat deit he uck, un de Buer lacht oever alle Backen un heet sin Soehn vun Harten Willkamen, as he all de blanke Dalers to sehn kriggt, de sin Soehn in een Dag verdeent hett. Un de Fruu mutt sovel Kartüffeln kaken, as Jochen man jichens vertehren kann. Man de dare magere Kost will em nich mehr recht smecken, nu he de soeven fette Hamels eten hett, un he weet dar uck Raat för. As dat düüster ward, do geiht

---

[1] Wispel = 10 Scheffel

he na de Herr sin Schaapstall, kriggt sik soeven fette Schaap faat, binnt se an'e Sterten tosamen un smitt se sik oever de Schuller. Denn bringt he se hen na sin Mudder, dat de se em braden schall un he se vertehrt.

Man de Schäper hett de Deef kennt un seggt de Eddelmann Bescheed. De lett de neegste Nacht de stärkste Knechten mit Äxen un Vörslaghamers up Wacht stahn in'e Schaapstall, un wenn de starke Jochen wedder kümmt, denn schoe'n se em de Brägen indöschen. Dat woe'n de Lüüd denn uck doon, un knapp hett Jochen de neegste Avend de Stalldör upmaakt, do hau'n se em vun alle Sieden up'e Doez. Dat harr he denn doch nich dacht, seggt de starke Jochen, dat de Mücken in'e Schaapstall sodennig steken doon, un he süht to un kriegen gau wedder soeven feine Schaap faat. Man de Knechten verkrupen sik vör Angst in'e achterste Eck vun'e Stall un seggen in'n Stillen de leeve Gott Loff un Dank, dat Jochen se nich wieswurrn is.

As de Eddelmann vun sin Lüüd to hören kriggt, wodennig dat gahn hett, do ward he dull. He will Jochen al kriegen, bölkt he. He lett twee gresig grote Bullen ut'e Stall halen un lett se vör de Schaapstall inhegen. Wenn de starke Jochen denn wedder kümmt un will Schaap klauen, denn schoe'n de dare Bullen em up'e Hoorns nehmen un em de Rest geven. Man dar hett en Uul seten. As de starke Jochen in de drütte Nacht kümmt un de Bullen wies ward, wo se em füünsch anglupen un de Hoorns dalkriegen un ut'e Nüff snuven un mit'e Fööt up'e Grund schurren, do röppt he, dat sünd ja wecke nette Deerten un grötter as de Hamels; dar langen em twee vun. Un do kriggt he de Bullen bi de Hoorns un smitt se sik up'e Nack, dat de Sterten dör't Gras slepen.

Nu süht de Eddelmann denn in, mit Gewalt kann he gegen de starke Jochen nix warrn. Un so geiht he de neegste Morrn hen na em up'e Buernhoff un snackt em to, he schall doch man weggahn, anners maakt he em un uck sin Vadder to arme Lüüd. Dar is de König anners, seggt he, de kann sin Soldaten nich stark un lang nugg kriegen, dar weer he fein rut, un an Eten un Drinken mankeert dat dar uck nich. De dare Snack gefallt de starke Jochen, he seggt adjüs to sin Vadder un Mudder un de Eddelmann, wannert na de Stadt un lett sik de smucke, bunte Soldaten-rock verpassen. Denn kriggt he en Flint in'e Hand un schall Griffen kloppen. Nu dücht em de dare Flint wat fledig, un so bringt he 'n fein suutje un sachten an'e Schuller. Do bölkt de Feldwebel, um he nich kann dat Gewehr fast insetten. Na, denkt Jochen, em schall't recht we'n, un he grippt fast to. Do brickt dat ieserne Rohr merrn dörch as en Reethalm, un de Ruck is so dull, de boeverste Hälft flüggt hooch in'e Luft, so hooch, dat 'n eerst na en Viddelstunn wedder dalkümmt.

De Feldwebel, as de dat süht, de sparrt Näs un Muul up, dreiht foorts um un mellt dat de Hauptmann. Dat is ja en Moordskeerl, seggt de Hauptmann, de moeten se en Sösspünner as Flint in'e Hand geven. De starke Jochen kriggt uck richtig en Sösspünner, un as he de in'e Hand hett, do fraagt he de Haupt-mann, um he dat dare Dings uck fast insetten schall. Klaar, seggt de Hauptmann, he schall dat Gewehr man mal faatnehmen. Man dat geiht nich beter as dat eerste Mal, dat Kanonenrohr brickt dörch un Jochen hett blots noch de Hälfte in'e Arm. Do melln se dat de Generaal, un de kümmt uck foorts un kickt sik dat Spillewark an. Se schoe'n em en Twölfpünner geven, seggt he denn, un süh mal kiek, do geiht dat, de Twölfpünner geiht nich twei, un Jochen hett en Schötdings as all sin Kameraden. Man dar, 'nem he steiht un Griffen maakt, dar süht de Exerzeerplatz ut as ik weet nich wat. Toletzt mag de Generaal dat nich mehr mit ankieken un he schrifft en Bericht an'e König: Se hebben mang de Rekruten en gresig starke Keerl, de kann blots mit en Twölfpünner exerzeern, man dar maakt he de heele Exerzeerplatz mit toschannen. Um se em nich leever schoe'n na Huus schicken. Knapp hett de König dat lest, do gifft he Order, de starke Jochen schall na em henkamen.

As Jochen denn kümmt, do seggt de König to em, in sin Riek, seggt he, dar gifft dat en verwünschte Slott. Wenn he dar Soldaten henschickt hett up Wach, denn sünd de elkeen Mal in'e Nacht afmurkst wurrn. Wat he, Jochen, wull meent, um he dat dar kunn dree Nachten utholen. Och, seggt Jochen, warum dat nich, wenn se em Eten un Drinken henbringen, sovel as he nödig hett, un wenn he Kaarten kriggt un een Mann darto, de mit em spelt, denn so will he geern de Wach oevernehmen. Süh, dat gefallt de König, un he lett foorts dree Veerspänners mit Eten un Drinken beladen un na dat verwünschte Slott henfahren. Un denn lett he utropen in'e heele Stadt, de een Nacht mit de starke Jochen in dat verwünschte Slott Kaarten spelt, de schall dreehunnert Daler hebben. Man dar finnt sik keeneen, de sik dat dare Geld verdeenen will, denn se weeten ja all, ut dat verwünschte Slott, dar kümmt keeneen t'rügg. Toletzt, de Sünn geiht al dal, do mellt sik doch noch een, en Sniedergesell, en ole, plünnige Keerl ahn Strümp un Schoh.

Um he kann Kaarten spelen, fraagt de starke Jochen em. Ja, seggt de Snieder. Do is de Saak afmaakt, un se gahn mit'nanner na dat verwünschte Slott. Dar maken se in'e grote Saal Füer an, denn ward eten un drunken, un as se dar ferdig mit sünd, do spelen se Kaarten, un sodennig geiht dat allens wunnerschön bet Klock ölben. Do ward mitmal de Dör upreten, un dree swatte Keerls kamen rin.

Um se koenen mitspelen, fragen de dree. Se schoe'n sik eerstmal waschen, seggt Jochen, he hett nüe Kaarten. Nee, seggen se, se sünd so swatt vun Natur, se farven nich af. Na, denn mag dat vun sinetwegen angahn, seggt de starke Jochen, man se schoe'n em jo sin nüe Kaarten nich schietig maken, anners moeten se em annern wedder kopen. Man de swatte Keerls sind Bedrögers, se spelen falsch un kieken in'e Kaarten, un wenn de starke Jochen un de Snieder darto brummen, denn so lachen se, un een vun se geiht de Sniedergesell sogar mit'e Hand in't Gesicht. He schall sik doch verdeffenderen, röppt de starke Jochen, man de Snieder is bang, un he litt dat sogar, dat se em bi de Hand nehmen un mit em rutgahn. Wieldes mischt Jochen binnen de Kaarten. Man se kamen un kamen nich wedder, un do geiht he achterna. Kiek, do sünd de swatte Keerls weg, un de Snieder liggt an'e Grund un rippt un roegt sik nich. Wat mit em los is, fraagt Jochen, he schall doch wat seggen, he deit em nix. Man de anner is still un blifft still. Do denkt Jochen, em is dat sachs dar buten to koolt wurrn, un he kriggt em faat un hollt em an'e Aben, dat he wedder schall warm warrn. Man de Aben, dar hett Jochen so vel Holt rinstoppt, de is glöhnig hitt wurrn, un do fangen de paar Plünnen an de Snieder sin Lief an un sengeln un sin

Fleesch fangt an un braden. Do seggt Jochen, de Snieder stinkt un he schall sik wat schamen un drückt em noch faster an'e Aben. Man jo duller he drückt, jo duller stinkt dat. Toletzt ward em dat to dull, he kriggt de Snieder faat un smitt em ut't Finster rut, dat he dicht an de König sin Dör dalfallt. Denn sett he sik wedder dal an't Füer, un nu sin veer Mackers weg sünd, do spelt he Kaarten mit sik alleen, bet dat Dag ward.

De ole König is de Morrn fröh ut't Bett kamen. As he nu ut't Finster kickt un ward de half verbrennte Snieder vör de Dör wies, do denkt he, dar is dat ja nett togahn, un foorts mutt en Deener na dat verwünschte Slott henlopen un na de starke Jochen kieken. Jochen sitt an't Füer un spelt Kaarten, seggt de Deener, as he t'rüggkümmt. Do maakt de ole König sik sülven up'e Padd, un as he sik nugg wunnert hett, do fraagt he Jochen, um he de neegste Nacht wedder up Wach stahn will. Ja, seggt Jochen, wenn he en Macker kriggt to Kaartenspelen, denn so schall em dat recht we'n. Un de König seggt wedder de dreehunnert Daler to, de mit de starke Jochen de Nacht in dat verwünschte Slott blieven will. Hen to Avend mellt sik en herlapene, afretene Schoostergesell, de versteiht dat Kaartenspelen vun Grund up, un do is Jochen mit em tofreden, un do setten se sik in'e Saal un fangen an un spelen.

Klock ölben springt de Dör up, un söss swatte Keerls kamen rin un fragen, um se koenen mitspelen. Wenn se nich affarven doon, seggt Jochen, denn so schall em dat recht we'n, he hett nüe Kaarten. Man de söss sünd vun Natur so swatt un farven nich af, un dat Spill geiht as de Avend vörher. As de Klock meist twölf slaan will, do leggen se de Kaarten weg un

woe'n up'e Schooster dal. He schall sik doch verdef-
fenderen, seggt Jochen, man de Schooster verdeffen-
deert sik nich, he bevert vör Angst, un de söss woe'n
em al bi de Hand kriegen un mit em rutgahn, do
kriggt Jochen en Füerbrand faat un haut dartwi-
schen, un do neihn se ut. Denn sett Jochen sik wed-
der mit de Schooster an't Füer, un so spelen se to
tweet bet an'e Morrn. Do kümmt denn de ole König
un will nakieken, wodennig dat gahn hett. Dat sünd
leege Keerls, de Swatten, seggt Jochen, un mit de
Schooster is uck nix los. De neegste Dag will he al-
leen blieven un sik mit de dare Keerls gar nich eerst
afgeven. Do lett de König de Schooster de dreehun-
nert Daler utbetahlen, man de starke Jochen snackt
he guut to. Wenn he noch een Nacht dar uthollt,
denn is dat Slott erlöst un sin Döchter, de Prinzes-
sinnen, uck. Dat will he al klaarkriegen, seggt de
starke Jochen.

As de drütte Avend Klock ölben de Dör upspringen
deit, do kamen foorts twölf swatte Keerls up de star-
ke Jochen losstörmt un woe'n em an'e Kant bringen.
Un dar sünd se so fix bi, Jochen kann sik toeerst gar
nich gegen se verdeffenderen un geiht ünner se's
Slääg al meist in'e Kneen. Man do ward he dull, un
he kriggt de Twölfpünner faat, de hett he bet darhen
ümmer bisiet laten. Un denn geiht dat up'e swatte
Keerls dal, un dat wahrt nich lang', do liggen se all
an'e Grund bet up een un rippen un roegen sik nich
mehr. Blots de twölfte, de is noch an't Leven, un dat
is en gewaltig grote Ries, meist so lang un stark as
Jochen. De hett en Bund Sloeteln in'e Hand, un de
gröttste Sloetel wiggt soeven Zentner. Man gegen
Jochen sin Twölfpünner kann he doch nich an. So
dull he sik uck to Wehr setten mag, upletzt mutt he

doch upgeven un mutt Jochen um Gnaad be'n. Dar is Jochen mit inverstahn, wenn he em all de Stuven upsluten will, 'nem de Sloeteln an sin Bund tohören.

Eerst will de Ries sik dar nich up inlaten, man Jochen neiht em en paar mit sin Twölfpünner in'e Rippen, un do gifft he na. He schall man vörangahn, seggt he to de starke Jochen. Eerst de Deener, denn de Herr, seggt Jochen. De Ries deit wedder, as kunn he nich recht hören, bet Jochen seggt, he will em de Brägen inhaun, wenn he nich geiht. Do slütt de Swatte all de Stuven un Kamern up, 'nem he de Sloeteln to an sin Bund hett, un wiest se de starke Jochen. Blots de grote Sloetel, de soeven Zentner weegen deit, de bruukt he nich. Warum he nich uck mit de dare Sloetel sluten deit, will Jochen weeten. De Ries gifft em en patzige Antwoort un versöcht dat drütte Mal un setten sik to Wehr. Man he markt gau, de starke Jochen is sin Oevermann, denn de puhlt em sodennig een bi mit sin Twölfpünner, dat he bang ward för sin Leven, un so gau he man kann stickt he de grote Sloetel in't Sloetellock.

Knapp hett de Sloetelbaart sik rumdreiht, do geiht dar so'n Donnerslag dör dat Slott, de starke Jochen fallt rein in Amidaam un fallt dal an'e Grund. As he wedder to sik kümmt, do liggt he in en siedene Bett, un dree smucke Prinzessinnen stahn darvör un eien em un drücken em wecken up un woe'n em to Mann hebben. Doch nich all dree, röppt Jochen heel verfehrt, un he fraagt se, wokeen se sünd. Se sünd de ole König sin Döchter, seggen se, un he hett se erlöst. As se noch so snacken, do kümmt de König sülven un fraagt Jochen, wat för een he hebben will. He will keen Elend maken, seggt Jochen, he nimmt de öllste. Dar freut de König sik to un seggt, dat is recht, de

öllste steiht dat uck an ehrsten to. Denn maken se
Hochtied, un Jochen wahnt mit sin junge Fruu in
Glück un Freuden in dat erlöste Slott. Man dat Al-
lerbeste is, he is sin bannige Grötte un Kraft bi dat
ganze Theater loswurrn un is nu nich mehr grötter
un stärker, as en mächtige König so is, un he itt un
drinkt uck nich mehr un nich weniger as en anner
Minsch. Un as de ole König dootblifft, do ward he
König an sin Stä', un wenn he nich dootbleven is,
denn so is he woll vundaag noch an't Leven.

De nerige Lars

Dar is mal en ole Jungkeerl we'n, de hett Lars Larsen heeten. He hett en gude Buernhoff hatt, man he hett ümmer meent, he hett nich nugg up'e Naht för un verheiraden sik. Dat maakt, he is so nerig we'n, he hett sik man knapp dat Nödigste to'n Leven günnt. Un darför is he uck annern nix günnen, man he mutt ja doch Lüüd annehmen för un bedrieven de Hoff, un de, de woe'n un moeten ja wat to eten hebben. Lars is nie nich guut toweg', liekers he ümmer rieker ward, he meent ümmer, dar geiht tovel in de Weertschop verlaren. Toletzt kümmt he dar up, dat mag sik ja doch woll betahlt maken un hebben en Fruu, de de Huusstand versorgt, wenn he man blots een finnen kunn, de sülven nix vertehrt.

Mal snackt Lars dar mit sin Daglöhner oever, un de schrifft sik dat achter de Ohren. As he na Huus kümmt, do seggt he to sin Dochter, Greet heet de, to de seggt he, wenn se de anner Morrn de Hoffbuer dar langkamen süht, denn so schall se de Göös rutdrieven un se wahren, un denn schall se seggen: „Gah, lütte Goos, för ehr, de nix eten deit." Denn so ward he ehr sachs fragen, wokeen dat is, de nix eten deit, un denn schall se seggen, dat is *se*. Ehr Vadder is ja en arme Mann, schall se seggen, un he hett en Barg Gören, un so kann he ehr nix to eten geven. Man in'e Stuuv, schall se denn seggen, dar is en Balk, dar hett ehr Vadder wecke Löcker rinbohrt, dar geiht se af un to mal hen un jappt dar oever un kriggt sik en Mundvull Luft, dar levt se vun.

Un dat geiht jüst so, as de Daglöhner sik dat dacht hett: De neegste Morrn mutt Lars to Feld un kümmt an se's Kaat vörbi. Do drifft Greet de Göös rut un

wahrt se. „Gah, lütte Goos, för ehr, de nix eten deit",
seggt se. Dat hört Lars, un do fraagt he ehr, wokeen
dat denn is, de nix eten deit. Och, seggt se, dat is se
sülven. Ehr Vadder is ja en arme Mann, seggt se, un
he hett en Barg Gören, un so kann he ehr nix to eten
geven. Wo se denn vun leven deit, fraagt Lars. Och,
seggt se, dar is en Balk in se's Stuuv, dar hett ehr
Vadder wecke Löcker rinbohrt, dar geiht se af un to
mal hen un jappt dar oever un kriggt sik en Mund-
vull Luft, dar levt se vun. Do fraagt Lars ehr, um se
nich hett Lust un heiraden em un warrn Fruu up'e
Hoff. O ja, seggt Greet, un do maken se Hochtied, un
se flüttet vun'e Kaat up'e Hoff. Lars sett dar en Balk
in'e Stuuv un bohrt dar wecke Löcker rin, dat se dar
hengahn kann un jappen, wenn se Hunger hett.

Dar is en Tied vergahn, do seggt de Buer to sin
Knecht, Niels heet de, to em seggt he, he weet nich
so recht, um de Fruu nich doch in'e Koek wat eten
deit, em dücht, se ward so fett, un he fraagt Niels um
Raat, wodennig he darachter kamen kann. Tja, dat
weet he uck nich, seggt Niels, denn mutt he de Buer
al dalfieren in'e Schosteen, denn kann he ja sehn,
um se dar wat eten deit. Dat dücht Lars en gude In-
fall, un de Knecht fiert em dal in'e Schosteen. Dar
hängt he nu mang de Schinkens un anner Röker-
kraam. Man denn geiht Niels rin na de Fruu un
seggt, se schall sik in Acht nehmen, dat se jo in'e
Koek nix eten deit, denn de Buer, de hängt in'e
Schosteen un beluert ehr. Dat is guut, seggt de Fruu,
un denn kriggt se de Deerns ran, dat se arig natte
Holt halen un up'e Heerd leggen. As de Buer dar nu
so lang' hungen hett, as Niels dat passlich dücht, do
nimmt he em dal, un do is he so verrökert, he kann
nich jappen noch janken. Um se hett wat eten, fraagt

Niels. Nee, seggt de Buer, se hett dar nix eten, un em geiht dat so leeg, he mutt sik rein to Bett leggen.

Dar is wedder en Tied vergahn, do seggt de Buer to Niels, he is doch bang, dat de Fruu heemlich wat eten deit, em dücht, se ward so fett. Um he em nich seggen kann, wodennig he dar achter kamen schall. Nee, seggt Niels dat kann he nich. Denn mutt he al rupgahn in'e Slaapkamer, dar liggt en grote Dunen- dek, dar kann he ja rinkrupen. He maakt dar denn en Lock in, dar kann he rutkieken, denn ward he ja wies, um se vellicht dar baven wat eten deit. Ja, seggt de Buer, dat weer bannig guut, un he krüppt rin in'e Dek. Man Niels geiht dal na de Fruu un seggt, se schall sik in Acht nehmen, dat se jo in'e Slaakamer nix eten deit; de Buer, seggt he, de liggt dar baven in en Dek un beluert ehr. Dat is guut, seggt de Fruu un röppt de Deerns. Ehr dücht, de Betten baven in 'e Slaapkamer, de moeten mal an'e Sünn, seggt se, de warrn al heel muffig. Se schoe'n se rutdrägen un düchtig utkloppen. De Deerns weeten Bescheed; se drägen de Betten in'e Sünn un kloppen se düchtig ut, un denn leggen se se wedder hen, as se legen hebben. Denn kümmt Niels rup un treckt de Buer ut'e Dek rut, un do is de so mör kloppt, he kann nich gahn un nich krupen. Um se hett wat eten, fraagt Niels. Nee, seggt de Buer, se hett dar nix eten, un denn slept he sik dal un leggt sik in sin Bett un is noch acht Daag darna heel ring. De Fruu kümmt un passt em, un se seggt to em, he schull man nich mehr eten as se, denn so weer he ümmer fein toweg'.

Dar vergeiht wedder en beten Tied, un de Buer hett sik verhaalt vun de Prügels, de he kregen hett, do seggt he to Niels, he is würklich bang, de Fruu itt doch heemlich wat, em dücht, se ward so fett. Un he fraagt, um he em nich helpen kann un kamen dar achter. Nee, seggt Niels, he hett dat ja sülven sehn, se itt nich in de Koek un nich in de Slaapkamer, un he weet nich, wonem se dat doon schull, höchstens vellicht in'e Keller. Dar steiht doch en ole Beertunn, seggt he, dar kunn de Buer ja rinkrupen un dör dat Spundlock rutkieken, denn wurr he dat ja wies, um se dar wat eten deit. Dat dücht de Buer guut, un he krüppt dal in'e Tunn. Man Niels geiht hen na de Fruu un seggt, se schall sik in Acht nehmen un in'e Keller nix eten, dar sitt ehr Mann in'e ole Beertunn un beluert ehr. Dat is guut, seggt de Fruu, un röppt de Deerns. Nedden in'e Keller, seggt se, dar steiht de ole Beertunn, de stinkt ehr in'e Näs, so faken as se dar dalkümmt. Se schoe'n Water in'e Bruutketel doon, seggt se, un dar düchtig ünner anböten, un denn dat Water in'e Beertunn, dat de mal arig rein ward. De Deerns denken jüst so as se un doon gau, wat se se heeten hett, un do ward de Buer meist heel un deel verbröht. As Niels em ut'e Tunn ruthelpt, do mutt he foorts to Bett un blifft en heele Maand liggen. De Fruu kümmt un passt em un seggt, dat is doch to dull, ümmer ward he krank, wenn he verreisen deit. Ümmer wenn he ehr sodennig upluert hett, denn hett he ja vertellt, he geiht up Reisen.

In'e Stall hebben se twee fette Ossen, un as de Buer nu krank to Bett liggt, do seggt de Fruu to Niels, he kann man de beide Ossen nehmen un dar to Stadt mit gahn un verkopen se, un dat Geld, dat kann he beholen, för dat he ehr so truu deent hett. Dat deit Niels denn uck. Man as de Buer nu wedder upstahn kann, do fehlt he ja foorts sin Ossen. Do fraagt he sin Fruu, wonem de Ossen sünd. De hett se upeten, seggt de Fruu. Wonem denn de Fellen sünd, will he weeten. De hett se mit eten, seggt se. Mann wonem denn de Hoorns sünd, fraagt he. De hett se uck upeten, seggt se. Do fallt de Mann in Amidaam. Do packen se em to Bett un schicken na de Dokter, man för de dare Krankheit helpt nix. He blifft doot un ward inkuhlt, un Greet arvt de Hoff un all dat Geld. Do lett de Wittfruu em en feine Liekensteen setten, un denn verheirad't se sik mit Niels, un sünd se nich dootbleven, denn so leven se vundaag noch lustig un vergnöögt.

De doesige Tußelkopp

Dar is mal en Buer we'n, de hett dree Soehns hatt un een Wisch. Vun de Soehns sünd twee klook we'n un de drütte en Doeskopp, un up'e Wisch is elkeen Jahr dat Heu klaut wurrn, sodraa dat meiht un up Hiss sett is. Nu sünd de Hissen mal wedder upsett, un do seggt de Buer to sin Soehns, de em dat Heu wahrt, dat dat nich klaut ward, de schall en linnen Rock un en Paar holten Schoh vun em hebben. De will he sik woll verdeenen, seggt de öllste un geiht to Avend up'e Wisch. He waakt uck richtig bet Middernacht, man denn fallen em doch de Ogen to, un as he se wedder upklappen deit, do is een weg vun de dree Hissen, de dar eerst hebben up'e Wisch stahn. Do geiht he sluukohrig na Huus, un de neegste Avend geiht de tweete Broder na de Wisch. Man em geiht dat nich en Spier beter, un de tweete Hiss ward uck stahlen. Do seggt de Doeskopp, dat is doch mal nett vun sin Bröder, dat se em uck mal wat nalaten, un he nimmt en Hark un en Tau un geiht na de Wisch. Sin Bröder lachen em wat ut un seggen, de doesige Tußelkopp will dat doon, wat nich mal se kunnt hebben. Tußelkopp hebben se to em seggt, um dat he so'n lange, tußelige Haar hett, de fleegen em um'e Kopp as en gollne Mähn. Up'e Wisch binnt he dat Tau um de Hiss, de noch oever is, un dat Enne binnt he an'e Hark fast. Denn leggt he sik dal un leggt de Hark dicht achter sin Kopp un slöppt driest in.

Dat duert nich lang, do kleit em de Hark, un he ward waak, un do süht he en lütte griese Keerl, de binnt dat Heu tosamen un will dat up en brune Perd laden. He kümmt ja foorts in'e Beens, man ehrer een bet dree tellen kann, sitt de lütte Keerl al up't Perd un dat oever't Feld as de Wind. Man he löppt achterran, un do kümmt he an en feine Slott in't Holt, un buten dat Slott klabastert de Lütte jüst vun dat Perd dal. Do kriggt de doesige Tußelkopp em faat, man de lütte Keerl fallt vör em up'e Kneen un seggt, he schall em doch an't Leven laten, denn so will he em dat feine brune Perd schenken, 'nem he up reden is. Dat lett de Bengel sik gefallen, un he seggt, he will dat de neegste Morrn halen. Nu mutt he wedder na de Wisch, seggt he, un uppassen, dat se keeneen dat Heu klaut.

As he na de Hiss kümmt, do kriggt he dat Tau un de Hark wedder t'recht un slöppt in. Man nich lang', do kleit de Hark em wedder waak, un as he tokickt, do is dar wedder desülve lütte griese Keerl, de raakt dat Heu tosamen un will dat up en witte Perd binnen. Do springt he gau tohööcht un löppt achter de Keerl ran, un he kriggt em wedder faat bi dat Slott in't Holt, un do kriggt he denn uck noch dat witte Perd schenkt, un de lütte Keerl seggt em to, he will nich wedder kamen.

Man knapp is he dat drütte Mal up'e Wisch inslapen, do kleit de Hark em wedder, un mit een Satz springt he up'e lütte griese Keerl to, kriggt em faat un seggt, he will em dootmaken. Do kriggt de Keerl dat mit de Angst, un do gifft he em nich blots dat swatte Perd – dar hett he dütmal dat Heu mit wegslepen wullt –, he seggt em uck dat heele Slott to mit allens, wat dar in is. Un all dat Heu, wat he in all de Jahren klaut hett, dat will he wedderbringen. De Tußelkopp seggt, he will sik dat Slott eerstmal ankieken, un do bringt de lütte Keerl em dar rin un wiest em all de Saalen un Stuven. De Tußelkopp mag dat lieden, un darum lett he de lütte Keerl leven, un do gifft de em de Sloeteln to dat Slott un seggt, wenn he nu wedder up sin Wisch kümmt, denn so finnt he dar all dat Heu, wat he sin Vadder wegnahmen hett. Un he sülven, he will de Verwalter we'n vun dat Slott, un wenn he wat hebben will, denn so schall he man kamen un verlangen dat vun em.

Do nimmt de doesige Tußelkopp de Sloeteln un binnt se sik in'e Nack fast mit sin lange, gele Haar, dat keeneen se sehn kann. He denkt, wenn he sin Vadder un sin Bröder vertellt, he hett en feine Slott, denn so trecken de dar in, un em sparren se in'e Duvenslag, dar hett he ja al faken sitten musst. Up'e Wisch finnt he mehr as hunnert Hissen mit Heu, un do geiht he lustig na Huus. Sin Bröder sehn em ankamen un lachen em wat ut, dat he so verslapen utsüht. De heele Nacht hett he slapen, seggen se, un noch nich nugg. Do hebben de Deeven sik ja arig Tied laten kunnt, seggen se, un all so wat darher. Man he ward dar nich dull oever, he seggt fründlich to de Ole, he schall man mal mit rutkamen na de Wisch, he hett all dat Heu wedderkregen, wat se em, sin Vadder, in all de Jahren stahlen hebben. Un do verwunnern de Ole un de Bröder sik ja bannig, as se up'e Wisch kamen. Do is dar so vel Heu, dat langt för't heele Dörp för vele Jahren.

Nu lett de König mal in't heele Land bekanntmaken, sin Dochter is up'e Glasbarg verwünscht, un de de dare Barg hoochrieden un ehr erlösen kann, de schall ehr to Fruu hebben un kriggt dat heele Königriek. Man dat gifft man dree bestimmte Daag in dree Maanden, denn kann se erlöst warrn. Do seggt de Buer to sin beide kloke Soehns, dat weer doch fein, wenn een vun se König bleev, un he sülven weer denn Königsvadder. Se woe'n man se's Perde nehmen un sehn un kamen hen. Se sünd ja so klook, seggt he, vellicht koenen se de Prinzessin erlösen. De doesige Tußelkopp schall man wieldes de Misshupen vun'e Hoff up't Feld bringen. Denn trecken se se's Schapptüüg an un rieden na de Glasbarg. Man de Tußelkopp geiht hen na sin Slott, nimmt de Sloeteln ut sin Haar un slütt up. Un do kümmt em al de lütte griese Keerl in'e Mööt lapen un röppt, dat is fein, dat he kamen deit: He schall de verwünschte Prinzessin erlösen, seggt he. He schall sin brune Perd nehmen un düt Königstüüg antrecken – dat kriggt he vun em – un henrieden na de Glasbarg. Un he gifft em feine Tüüg, dat blinkert man so vun Gold un Sülver. Dat treckt de Bengel an, un he seggt to de lütte griese Keerl, he mutt wieldes de Miss vun sin Vadder sin Hoff up't Feld bringen. Dat seggt de griese Keerl em to, un he ritt afste'.

As he na de Glasbarg kümmt, süht he de König un de Königin un en paar hunnert staatsche Ridders, all in feine Tüüg, man keeneen is so smuck as he. Do meenen se, he is en vörnehme Prinz, un se fragen sik, wokeen he woll we'n mag. Man keeneen kennt em. Dicht bi de Barg bemött he uck sin Bröder, de hebben Stopen in't Glas haut un woe'n jüst ruprieden. Man se's Perde gahn koppheister un smieten se's Rieders af. Un as de wedder hoochkamen, do jammern se, dat se's feine Schapptüüg is schietig wurrn, un de König un de Ridders lachen se wat ut. Man de doesige Tußelkopp jaagt mit sin brune Perd foorts rup bet na de Midd vun'e Barg, un all joelen se achter em ran, denn so hooch is noch keeneen kamen. Man do glitt uck sin Perd af, un as en Vagel flüggt dat mit em oever de Heid t'rügg na dat Slott in't Holt.

As he na Huus kümmt, do is de Miss fein up'e Acker utspreedt, un he denkt, vellicht geiht et dat neegste Mal beter, un denn sett he sik in sin ole Plünnen up'e Abenbank un fleut't sik een. Do kamen uck al sin Bröder un sin Vadder na Huus, un se snacken vel vun de frömde Prinz. Man se sünd doch de klöksten we'n, seggt de Vadder. As se anfungen hebben un hau'n Stopen in't Glas, do hett de König doch wiss dacht, wenn de beiden sin Dochter nich erlösen, denn so kann dat sachs keeneen, seggt he. Dat neegste Mal erlösen se ehr bestimmt, seggt he, un denn woe'n se sik dat Königriek deelen. Do seggt de Tußel- kopp darmang, se schoe'n man uppassen, dat se nich wedder se's feine Schapptüüg schietig maken un de König un de Ridders se wedder utlachen. Do wun- nern se sik, wonem he dat vun weet, dat de König se utlacht hett, man he fleutet sin Leed un denkt, se schoe'n sik man wunnern; wat he weet, dat weeten se doch nich.

Denn kümmt de tweete Dag, un de Vadder ritt mit de beide kloke Soehns wedder na de Glasbarg. De Tußelkopp schall wieldes de Duvenslag utmissen. Man knapp sünd se weg, do löppt he na sin Slott, un de lütte griese Keerl bringt em noch smuckere Tüüg as dat eerste Mal. Un he sett sik up sin witte Perd un dat denn dör dat Holt. Un nedden an de Barg bemött he wedder en paar hunnert Ridders, de set- ten ümmer wedder an, aver se's Perde glieden af. Man he suust mang se dör, un sin Perd bringt em bet dicht ünner de Topp vun'e Barg, man denn glitt dat uck ut. Un jüst so as dat eerste Mal seggt he keen Woort un jaagt t'rügg in't Holt, un sin eegne Bröder kennen em nich. Man to Huus finnt he de Duvenslag so rein, as 'n noch nümmer nich we'n is.

De drütte Dag gifft de lütte griese Keerl de Bengel dat smuckste Tüüg, wat 'n jichens sehn hett dar in't Land. Un he sadelt em sin swatte Perd, un as he dar up oever de Heid rieden deit, do sünd de König un all de Ridders heel verbaast, denn dat Perd röhrt knapp de Grund, un swupp di wupp is dat baven up'e Barg. Dat heele Volk rundum schriet luud „Hurrah", un se ropen em ut to se's König. Un de Prinzessin fallt em um'e Hals un seggt, nu is he ehr Brüdigam. Man he gifft ehr man even en Söten, un denn ritt he gau de Barg wedder dal. De König sin Lüüd versparrn em de Weg, de König will ja weeten wat dat för'n frömde Prinz is, de sin Dochter erlöst hett. Man he gifft sin Perd de Sparen, un mit en Wuppdi flüggt dat oever de Ridders weg un verswinnt in't Holt. Up sin Vadder sin Hoff hett de griese Keerl wieldes de Höhnerstall utmissen musst. Un as de Vadder un de Bröder na Huus kamen, tröösten se sik een de anner un seggen, wenn se uck keen Königs sünd, denn so sünd se doch klöker as anner Lüüd.

Nu is de Prinzessin ja erlöst, man se is ümmerto trurig: Se will de frömde Prinz to un to geern to'n Mann hebben, man se weet ja nich, wonem he is. Do lett de König bekanntmaken in sin Land un de heele Umgegend, binnen dree Wuchen schall de frömde Prinz sik mellen, de sin Dochter friemaakt hett, denn schall de Hochtied we'n. Man dar kümmt keeneen, un de Prinzessin ward ümmer bedröövter. Do seggen de König sin Raatgevers, vellicht is dat ja gar keen Prinz we'n, un darum schall he man in all de Dörper un Städer utropen laten, all de junge Lüüd schoe'n sik tokamen Pingstsünndag versammeln, un denn kann de Prinzessin ja mal tokieken, um se ehr Brüdigam dar mang finnen deit. De Raatslag gefallt de

König guut, un do maakt he dat sodennig. Un to Pingsten fahrt he mit sin Dochter in all de Dörper un Städte rum, un se süht en Barg junge Lüüd, man ehr Brüdigam is dar nich mang.

Toletzt kamen se uck na dat Dörp, 'nem de Buer mit de dree Soehns wahnen deit. Un as de König de Bengels süht, do fraagt he, um dar nich noch mehr sünd in't Dörp. Ja, seggt de Buer, een is noch to Huus, man dat is en Doeskopp, de is dat gar nich weert, dat de König un sin Dochter em ankieken. Man de Prinzessin seggt, de schall uck haalt warrn. Un as se de doesige Tußelkopp vun wieden ankamen süht, do kennt se em foorts wedder an sin lange, gollne Haar, un do flüggt se man so na em hen, fallt em um'e Hals un bringt em na de König sin Kutsch. Un de König sülven maakt em de Kutschenslag up un böhrt em rin. Do sitt de Tußelkopp nu dar up de sieden Pulsters, un de smucke Prinzessin sitt blangen em un is sin Bruut. Un he winkt sin Vadder un sin Bröder to'n Adjüs noch fründlich to un fahrt mit de Königsdochter un de König afste'. As se do in't Holt kamen, do wiest he se sin Slott, un do is dat vel smucker as de König sin, un do blieven se dar. De neegste Dag is denn Hochtied, un dat Märken is to Enn.

De Schatz

Dar is mal en arme Buer we'n, de hett up'e Grund-
herr sin Feld plöögt. Upmal stött he mit de Ploog an
jichens wat, un he blifft steken. Eerst denkt he ja,
dat is en Steen, man as he nipp tokieken deit, do
süht he, dat is en grote Kist, un de is vull mit ole
Geld. Dat is Sülver- un uck Goldgeld, dat hebben se
dar sachs vör en paar hunnert Jahr to Kriegstieden
mal vergraavt.

De Buer kriggt dat Geld in sin Fuddersack stoppt un
slept dat mit na Huus, em dücht, he hett jüst so vel
Recht un beholen de dare Schatz as anners een. De
dat dare Geld vun Rechts wegen tohört hett, de mutt
ja al lang', lang' doot we'n. Man he is doch bang', de
Grundherr nimmt em dat af, wenn he wies ward, he
hett dat up sin Feld funnen. Un so vertellt he dar
keeneen wat vun, blots sin Fruu, man he seggt, se
schall jo un jo reine Mund hollen.

Man se kann doch nich dichtholen un mutt dat ja en
paar gude Fründinnen vertellen, wodennig se to se's
Geld kamen sünd. Man to elkeen seggt se, se schoe'n
dar jo keeneen wat vun seggen, man de koenen dat
uck nich bi sik behollen, un upletzt kümmt de Snack
vun de Schatz, de dar funnen is up sin Feld, uck de
Grundherr to Ohren.

Do stiggt he foorts to Perd un ritt rut na de Mann sin
Kaat dar buten up'e Heid. Man dar is nümms in as
de Oolsch, de Mann is jüst to Stadt fahrt un wesseln
wat Geld in. Un as de Herr ehr nu utfragen deit, do
vertellt se em allens, as dat is: Ehr Mann hett buten
up't Feld en Barg ole Geld funnen, man nu is he nich
to Huus, un se weet nich, wonem he afbleven is mit
dat Geld. Do will de Herr dat guut we'n laten för de

dare Dag un aftöven, bet he se up en anner Mal beide andrapen kann un kann se vör't Brett kriegen.

As de Buer denn na Huus kümmt, do vertellt sin Oolsch em allens wedder. Utschimpen deit he ehr nich, dat se nich hett de Mund holen kunnt, man he denkt sik sin Deel. De neegste Dag spannt he an un seggt to sin Oolsch, se schall mit em fahren, un do fahren se mit'nanner to Stadt. Dar laten se de Rest vun dat ole Geld intuuschen un leggen dat guut an. Denn köfft he en Barg Rundstücken un deit se in sin Fuddersack. In de Stadt trakteert he sin Oolsch düchtig, un hen to Avend stiegen se wedder up'e Waag un fahren na Huus.

Dat is al laat in'e Harvst, un dat regent un de Wind weiht düchtig, as se an'e düstere Avend na Huus to fahren. Man de Oolsch achtern up'e Waag, de hett he ja düchtig trakteert, un de is fröhlich un fein toweg' un drusselt de mehrste Tied vör sik hen. As se en arige Stück fahrt sünd, do ward se waak vun en Rundstück, de fallt ehr liek up'e Kopp, un noch een, de fallt ehr in'e Schoot. Un se is jüst bi un slapen wedder in, do regent dat wedder Rundstücken up ehr. Dat kümmt darvun, ehr Mann smitt se sodennig in'e Luft, dat se up ehr fallen.

Do fraagt se ehr Mann, wat dar denn los is, ehr dücht rein, dat regent Rundstücken. Ja, seggt he, dat deit dat, dat is en gresige Weder. Denn kamen se an'e Herrenhoff vörbi, un do ward de Oolsch waak vun dat Schrien vun en Esel. Do fraagt se ehr Mann, wat dat is, un ehr ward al rein snaaksch tomoot. Ja, seggt ehr Mann, se schall dar jo nich vun snacken, man wenn he de Wahrheit seggen un nich lögen schall, denn so is dat de Düvel, de plaagt un piesackt de Herr. He hett de Herr mal Geld lehnt, un nu will de nich rut mit de Tinsen. Uha, seggt de Oolsch, denn schall he man tosehn un kamen gau wieder. Do haut de Mann mit de Swep up'e Perde dal, un se kamen heel un gesund to Huus an.

Un as se to Huus sünd, do seggt de Mann, he hett vundaag in'e Stadt leege Saken hört. De Fiend is in't Land inbraken, seggt he, un noch vunnacht ward he dar ankamen. Se schall sik gau verkrupen in'e Kartüffelkeller, dat ehr man jo nix passeert. He sülven will dar blieven, seggt he, un se's Kraam wahren, so guut as he kann.

Sodennig bringt he ehr dal in'e Keller. Denn kriggt he sin Flint her, geiht rut vör de Hoff un bölkt un schütt. Dat sünd ja man Platzpatronen, man ballern deit dat düchtig. Un sodennig drifft he dat de heele Nacht. Hen to Morrn haalt he denn sin Oolsch ut'e Keller un seggt, he hett sik doch holen kunnt. De mehrste Fienden hett he sachs dootschaten, seggt he, un de annern sünd toletzt utneiht, un se's dode Mackers, de hebben se mitnahmen. Man een Glück, seggt de Oolsch, dat is guut aflapen, man se hett de heele Nacht en gresige Angst hatt. Denn leggen se sik to Bett un slapen sik eerstmal düchtig ut up de dare Schreck.

En paar Daag later kümmt de Grundherr buten anrieden un dröppt toeerst de Mann vör de Kaat an un fraagt em na de Schatz, de he funnen hett up'e Herr sin Feld. Ja, dar weet de Mann ja nix vun af. Lögen helpt em nich, seggt de Herr, sin Oolsch hett allens ingestahn, he weet allens ut ehr eegne Mund. Ja seggt de Mann, un he tippt sik mit de Finger vör de Kopp, bi sin Oolsch is dat mennigmal dar baven nich ganz richtig. Een kann ehr nich allens gloven, wat se vertellt.

Do röppt de Herr de Oolsch na buten un fraagt, um dat nich so is, as se em dat ingestahn hett, dat ehr Mann up't Feld en Barg Geld funnen hett. Ja, ja, seggt de Oolsch, un se is sülven mitwe'n to Stadt un wesseln dat Geld in. Wannehr dat denn we'n is, fraagt de Herr. Ja, seggt se, dat is do we'n, as se dat gresige Wedder hatt hebben un dat Rundstücken regent hett. So'n dumme Tüüg, röppt de Herr, wannehr dat we'n is, schall se seggen. Ja, dat is jüst de Dag vör de grote Slacht we'n, de dar up't Feld we'n is, as de Fiend in't Land inbraken is. Wat, seggt de Herr, Slacht? Fiend? De Oolsch is ja woll verrückt wurrn. Wannehr se in'e Stadt we'n sünd un wesseln dat Geld in, will he weeten.

Do ward de Oolsch blarrn, un se mag sik strüven so dull, as se will, se mutt dar ja rut mit. Dat is jüst an de Dag we'n, seggt se, as em to Avend de Düvel bi'n Kanthaken hatt un em in'e Gaarn vun'e Herrenhoff utpietscht hett. Do ward de Herr dull un bölkt, denn schall ehr de Düvel plagen un pietschen för dat dumme Tüüg, wat se dar tohopentünen deit. Un he treckt ehr wecken oever mit de Riedpietsch, dat se utneih'n mutt na de Dör rin.

Denn jumpt he up sin Perd un ritt weg, un na de Schatz hett he nie nich wedder fraagt. Man de Buer, de hett sik annerwegens en grote Hoff köfft un hett dar glücklich un vergnöögt mit sin Oolsch levt. Se hett em ja doch to sin Glück verhulpen, wenn se dar uck nix vun mitkregen hett.

De kloke Knecht

Dar is mal en Buer we'n, de seggt to sin Fruu, he will to Markt un sik en nüe Knecht meeden. Man de mutt Hans heeten, seggt he, anners nimmt he em nich. Un as he nu up'e Markt kamen deit, do kümmt em foorts een in'e Mööt un fraagt em, um he nich kann en Knecht bruken. Ja, seggt de Buer, wo he denn heeten deit. He heet Kurt, seggt de junge Mann. Denn kann he em nich bruken, seggt de Buer, sin Knecht mutt Hans heeten, anners nimmt he em nich. Do geiht de junge Mann weg, treckt sik anner Tüüg an un geiht de Buer nochmal in'e Mööt. Um he nich kann en Knecht bruken, fraagt he. O ja, seggt de Buer, wo he denn heeten deit. He heet Hans, seggt de junge Mann. Denn schall he man mit em gahn, seggt de Buer, so een hett he jüst söcht, un he nimmt de Keerl – de is ja keen Doeskopp – de nimmt he mit sik na Huus un in sin Deenst.

Wat de Buer sin Fruu is, de hollt mit de Preester to, un se gifft em ümmer dat Beste to eten un to drinken, wat se in't Huus hett. Mal een Avend, de Buer is nich to Huus, do hört de Knecht dar in'e Koek liesen wat snacken. Do leggt he sin Ohr an'e Dör un lustert, un do hört he, de Preester is dar binnen mit de Buer sin Fruu togangen. Un de Preester seggt jüst, se hebben dar ja en nüe Knecht kregen, wenn de man nix marken deit. Och nee, seggt de Fruu, de süht ehr dar nich na ut, dat he dull plietsch is. Un darum schall de Preester man de neegste Morrn, wenn ehr Mann un de Knecht to Plögen up't Feld trecken, denn schall he man na ehr henkamen. Wenn dat denn nödig deit, seggt se, denn kann he sik ja dar in de ole Draakist[1] versteken. – Do hett de Knecht nugg hört un sliekert sik liesen weg.

De neegste Morrn treckt de Buer mit sin Knecht Hans to Feld to'n Plögen. Man de Knecht hett vörher heemlich de Ploog sodennig verkielt, dar is nix un fangen an mit. He weet gar nich, wat vundaag loos is mit de dare Ploog, seggt de Buer. Hans schall mal gau na Huus lopen un halen de grote Schruvensloe-tel, dat he de Ploog wedder t'rechtkriegen kann. Do löppt de Knecht gau afste', un as he an't Huus kümmt, do is de Dör fast to. He kloppt denn ja an, bumm, bumm! Do hört he binnen de ole Draakist roetern, un de Fruu fraagt, wokeen dar is. Ja, *he* is dat. Wat he denn will. He will de grote Schruvensloe-tel halen. Ja, de will se em woll rutlangen. Nee, seggt de Knecht, de Buer hett seggt, he schall eerst de ole Draakist verkopen, de dar steiht in de Koek. Do mutt se denn ja upmaken. De Knecht sett de Draakist up'e Schuuvkaar un fahrt dar vör de Prees-ter sin Huus mit. De Preestersche kickt jüst ut't Finster rut, un do fraagt de Knecht ehr, um se nich will en Draakist kopen. Wat 'n denn kosten schall. Fievuntwintig Daler, seggt he. Nee, seggt se, dat is ehr to düer, dat will se nich utgeven. Na, guut, seggt de Knecht, denn mutt he sehn un finnen en anner Köper. Do röppt de Preester vull Angst ut de Draa-kist, se schall 'n man jo kopen, un de Preestersche mutt Hans nu de fievuntwintig Daler hentellen. He geiht dar weg mit, haalt de grote Schruvensloetel un kümmt wedder up't Feld bi de Buer an. Dat hett ja arig lang' duert, meent de Buer. Och, seggt Hans, he schall man tofreden we'n, he hett eerst de ole Draa-

---

[1] Draakist = Truhe

kist verköfft, dar hett he fievuntwintig Daler för
kregen, un he langt de Buer dat Geld hen. Tjunge,
seggt de Buer, denn schall he uck fiev afhebben, un
do gifft he de Knecht vun dat Geld fiev Daler af.

An'e Avend geiht de Buer to Kroog. Do hört de
Knecht, in'e Koek ward wedder liesen snackt. He
leggt sin Ohr an'e Dör un hört, dat is wedder de
Preester, de is heemlich to de Achterdör rinkamen
un snackt dar mit de Fruu. Dat is ja en leege Spaaß
we'n mit de Draakist, seggt he. Och, seggt se, he
schall sik man keen Sorgen maken, ehr Mann hett
nix markt. Morrn fröh, wenn de Buer to Feld is, denn
schall he man driest wedderkamen. Wenn dat denn
nödig deit, denn kann he ja gau dar in'e Eck in'e
Tunn krupen. Hans hett dat allens mit anhört, wat
se dar snackt hebben. He sliekert sik liesen weg un
lett sik nix marken.

De neegste Morrn kümmt de Buer mit sin Knecht to
Feld, un do is de Ploog wedder verkielt. He weet gar
nich, wat al wedder mit de dare Ploog los is, seggt de
Buer. Hans schall doch mal gau hengahn un halen
de grote Schruvensloetel, seggt he, dat he de Ploog
wedder t'rechtkriegen kann. Do löppt de Knecht gau
afste', un as he an't Huus kümmt, do is de Dör fast
to. He kloppt denn ja an, bumm, bumm! Do fraagt de
Fruu vun binnen, wokeen dar is. Ja, *he* is dat. Wat
he denn will. He will de grote Schruvensloetel halen.
Ja, de will se em woll rutlangen. Nee, seggt de
Knecht, de Buer hett seggt, he schall eerst de ole
Tunn verkopen, de dar in de Koek in'e Eck steiht. Do
mutt se denn ja upmaken. De Knecht leggt de Tunn
up'e Schuuvkaar, fahrt dar vör de Preester sin Huus
mit un lett sik dar föftig Daler för betahlen. Denn
haalt he de grote Schruvensloetel un kümmt wedder

up't Feld bi de Buer an. He is ja arig lang' wegble-
ven, meent de Buer. Och, seggt Hans, he schall man
tofreden we'n, he hett eerst noch de ole Tunn ver-
köfft, dar hett he föftig Daler för kregen, un he langt
de Buer dat Geld hen. Dat hett he guut maakt, seggt
de Buer, denn schall he uck foorts fiev Daler afheb-
ben.

Avends geiht de Buer to Kroog. Do hört de Knecht, in
de Koek ward wedder liesen snackt. He leggt sin Ohr
an'e Dör un lustert, un wedder is dat de Preester, de
is heemlich na de Buer sin Fruu kamen. Dat is em
morrns wedder en düre Spaaß wurrn mit de Tunn,
seggt he, wenn blots ehr Mann dar nix vun wies
wurrn is. Nee, man keen Sorg, seggt se, de hett nix
markt. He schall man driest de neegste Morrn, wenn
ehr Mann to Feld is, wedderkamen. Un wenn dat
denn nödig deit, denn kann he ja gau in'e Backaben
krupen, de kann ja nich wegfahrt un nich verköfft
warrn. Hans hett allens mit anhört. He sliekert sik
liesen weg un lett sik nix marken.

De neegste Morrn, as de Buer mit sin Knecht to Feld
kümmt, do is de Ploog wedder verkielt. He weet gar
nich, wat al wedder los is mit de dare Ploog, seggt de
Buer. Hans schall doch mal gau hengahn un halen
de grote Schruvensloetel, seggt he, dat he 'n wedder
t'rechtkriegen kann. Do löppt de Knecht gau afste',
un as he an't Huus kümmt, do is dat fast to. He
kloppt denn ja an, bumm, bumm! Do fraagt de Fruu
vun binnen, wokeen dar is. Ja, *he* is dat. Wat he
denn will. He will de grote Schruvensloetel halen. Ja,
de will se em woll rutlangen. Nee, seggt Hans, de
Buer hett seggt, he schall eerst anböten in de Back-
aben, dat se Broot backen koenen. Nu mutt de Fruu
ja upmaken. Do nimmt de Knecht en Bund Stroh,

schüfft dat in'e Aben un will dat anfengen. Do bölkt de Preester, de sitt dar ja in in de Aben, he schall em doch eerst rutlaten, bölkt he. Nee, seggt Hans, blots, wenn he em hunnert Daler gifft. Och ja, och ja, schriet de Preester, de will he em geern geven, he schall em blots rutlaten ut'e Backaben. Do lett Hans em dar rutkrabbeln un lett sik de hunnert Daler geven. Denn geiht he hen un bringt de Buer de Schruvensloetel. Man vun dat Geld seggt he dütmal nix, de hunnert Daler behollt he vör sik alleen.

Avends geiht de Buer wedder to Kroog. Hans blifft to Huus un lustert an de Koekendör, denn de Preester is wedder bi de Buer sin Fruu. Dat is em wedder en verdammi düre Spaaß wurrn vunmorrn, seggt de Preester. Ja, seggt de Fruu, de dare Hans hett sin Näs oeverall. Se moeten dat nu mal anners anfangen, seggt se, dar in't Huus, dar is dat nich mehr seker. He schall man morrn fröh na sin Acker vör't Holt gahn seggt se, 'nem sin Knecht plögen deit. Se will em denn en feine Supp un sin Knecht en feine Bodderbroot mit Fleesch bringen. Ehr Mann, seggt se, de geiht uck to'n Plögen, man wied af darvun, de kann dar nix vun marken. Hans hett wedder allens hört, wat se afmaakt hebben. He sliekert sik liesen weg un deit, as wüss he vun nix.

As Hans nu de anner Morrn mit de Buer to Feld treckt, do seggt he to em, se woe'n man vundaag de Acker plögen, de dar vör't Holt blangen dat Preesterland liggen deit. Dat is de Buer recht, un as se dar ankamen, do is de Preester mit sin Knecht uck dar un lett sin Acker plögen, de blangen de Buer sin Stück liggt.

To Fröhstückstied kümmt de Buer sin Fruu denn ja angahn un will de Preester de feine Supp bringen. Do seggt de Knecht Hans to sin Buer, dar kümmt de Fruu mit dat Morrnbroot, un do kann se ja nich anners, se mutt de Supp un dat feine Bodderbroot ehr Mann un de Knecht Hans bringen. Oh, dat is doch fein vun ehr, seggt de Buer to sin Fruu, dat se se so'n feine Morrnbrot to Feld bringen deit. Ja, seggt se un deit heel fründlich, se hett dacht, se wurrn dar buten sachs freren, un do hett se meent, se wull se mal wat Gudes doon. Wieldes de Buer sin Supp lepelt, geiht Hans na de Preester hen, de kickt vun wieden verdreetlich to, un bi elkeen Schritt lett Hans vun sin Bodderbroot en Stück an'e Grund fallen. He wünscht denn de Preester en gude Morrn un geiht wedder t'rügg na sin Buer. To em seggt he liesen, dat de Fruu dat nich hören kann, de Preester hett seggt, he schull doch mal na em henkamen. De Buer wischt sik dat Muul af un will hengahn, un as he dar so geiht, do süht he de Stücken vun dat Bodderbroot an'e Grund liggen. Do ward em dat duern, dat de feine Gottsgaav sodennig umkamen schall, un so bückt he sik ümmer dal, wenn he en Stück liggen süht, un kriggt dat up. Do meent de Preester, Hans hett allens verraden, un de Buer sammelt nu Steens up un will em dar to Liev mit, un do kriggt he dat Lopen, un he rönnt afste', as harr he Füer in'e Büx. Wat stickt denn de Preester, denkt de Buer, un lopen weg, nu he mi kamen süht. Do dreiht he denn wedder um un will t'rügg gahn, un do jumpt sin Fruu uck tohööcht un löppt weg, ehr Röcke fleegen man so. Se meent ja uck, jüst so as de Preester, ehr Mann weet Bescheed un will ehr to Kleed.

De Buer fraagt sin Knecht Hans, wat dat denn to bedüden hett, dat sin Fruu upmal so dat Lopen kriggt. Och, seggt Hans, se hett seggt, se wull mal sehn, wokeen gauer lopen kann. O, seggt de Buer, dat musse doch mit de Düvel togahn, wenn he ehr nich wedder inkriegen kunn. Un do fangt de Buer uck an un rönnt, ümmer achter de Oolsch ran, un as de nu süht, he is achter ehr her, do löppt se noch gauer. Man toletzt kriggt he ehr doch inhaalt un kriggt ehr faat. Nu hett he ehr, röppt he. Do schriet se in ehr Angst, he schall ehr dat doch man vergeven, se will sik uck nie nich wedder mit de Preester afgeven. Do hett se sik sülven verraden, un de Buer markt nu woll, wat de Klock slaan hett. Un he passt darna uck ümmer guut up, dat sin Fruu ehr Verspreken holen mutt, se mag woe'n oder nich.

De beide Bröder

Dar sünd mal twee Bröder we'n. So lang' as se's Vadder levt hett, hebben se arbeit't, as he se dat heeten hett, de eene up't Feld, un de anner hett de Schaap wahrt. Man as de Ole doot is, do ward de Öllste Herr in't Huus, un de Jüngste arbeit't ümmer blots buten Huus un kümmt knapp mal na Huus. Man sin Broder arbeit't gar nich. He sitt to Huus un beköstigt sin Frünnen, hollt sik feine Perde, Jagdhünne un Jagdfalken un levt as en grote Herr.

Mit de Tied warrn se noch ümmer rieker. De Öllere is verheiraad't, de Jüngere nich, un na Huus kümmt he blots noch an'e grote Festdaag.

Mal kümmt he an so'n Festtag in't Dörp, un do bemött he en paar Buern, de sünd afgünstig un woe'n se ut'neen bringen. De fragen em, um he is sin Vadder sin Soehn oder nich. Ja, seggt he, woso denn woll nich. Na, seggen se, wenn dat sodennig is, warum he denn de hele Dag bi de Arbeit is, bi de Schaap, up't Feld, bi Regen, Storm un hitte Sünnschien. Wurachen deit he as keeneen, seggen se, un sin Broder, de spelt de feine Herr mit smucke Tüüg, leckere Eten un Drinken, so vel as he man mag, ward vun all hooch ansehn, un he is man as so'n Knecht. He schall man mal hengahn, seggen se, un to sin Broder seggen, he schall *sin* Arbeit doon un he sülven will to Huus blieven, denn schall he dat woll wies warrn, um he is sin rechte Broder.

He seggt dar nix to, man dat fritt em an't Hart. Hen to Avend geiht he na Huus un blifft dar Nacht. As he de neegste Morrn upstahn is, do fraagt sin Broder em, wodennig he hett de Nacht tobröcht, um he hett guut slapen. Nee, seggt he, he hett keen Oog toklappen kunnt. Do will de anner weeten, warum. Do seggt he, sörre se's Vadder doot is, do levt he Dag un Nacht buten Huus ünner de frie Heven. Na Huus kümmt he blot eenmal in't Jahr, seggt he, un he kennt keen Minsch, hett keen Frünnen un nix. Wenn he nu will en Huusstand grünnen, seggt he, un will sik verheiraden as sin Broder, wodennig he denn woll klaarkamen schall, wo he keeneen kennen deit un nix vun Huusarbeit versteiht. Dar hett he de heele Nacht oever spickeleert, seggt he, un nich slapen. Un nu hett he sik vörnahmen, he will em beden un tuuschen de Arbeit: He will en paar Jahr to Huus blieven, un sin Broder schall buten *sin* Arbeit doon.

Is guut, seggt de anner un deit, as weer he nich vergrellt, denn schall *he* man nu dar blieven, un he sülven will na sin Arbeit gahn. Blots vundaag, seggt he, do will he noch eenmal up Jagd gahn, un se woe'n noch tosamen eten, un de neegste Dag woe'n se denn tuuschen. Man he will meist bassen vör Arger. He geiht hen un sadeln sin Perd, un do röppt he sin Fruu in'e Stall un seggt to ehr, he will up Jagd gahn, un he hett to sin Broder seggt, he will to'n Eten kamen. Man he kümmt nich, seggt he. Nu schall se en Lamm braden un dar Gift indoon, un to Middag schall se de Disch decken un sin Broder to'n Eten nödigen. Un kümmt he an'e Avend t'rügg un se singt nich de Dodenklaag, denn so maakt se ehr doot. Un denn he to Perd un afste' mit sin Jagdhünne un sin Jagdfalken.

De Fruu kriggt rein dat Gresen, un se blifft lang' stahn up'e Stä', as weer se ut Steen. As se wedder to sik kümmt, do denkt se hen un her, wat se nu doon schall: Schall se sülven dootblieven oder schall se ehr Swager vergiften? Toletzt denkt se, se will dat man de Herrgott oeverlaten: Kann se sik retten, is guut; wenn nich, denn leever dootblieven as de Swager vergiften. Do braad't se denn dat Lamm un maakt Middag, un as dat Tied is to eten, do deckt se de Disch un nödigt ehr Swager to't Eten. Man de seggt, wodennig dat woll angahn schull, dat he eten schull ahn sin Broder. De hett em doch toseggt, seggt he, se woe'n tosamen eten. Dat geiht de Fruu bannig an de Nieren, as se süht, ehr Swager hett ehr Mann – sin Broder – so bannig leev, un ehr Mann kann sin Broder nich utstahn. Un do fallt se ehr Swager um'e Hals un weent Snott langs de Tranen un huult un kann gar nich snacken. Ehr Swager is ja heel un deel verbaast un hollt ehr fast, dat se man nich fallt, un he fraagt ehr, warum se so dull weenen deit. Och, seggt se, vundaag is dat ut mit ehr. Wat denn so'n Snack schall, will he weeten. Oh, seggt se, he lengt na sin Broder un will nich ahn em eten. Un de? De hett ehr updragen, se schall em vergiften, un kümmt he vun'e Jagd un he hört keen Dodenklaag in't Huus un keen Jammern, denn so will he ehr dootmaken, hett he seggt.

As ehr Swager dat hört, do seggt he to ehr, se schall man nich bang' we'n, se schall nich dootblieven. Man se woe'n doch mal sehn, seggt he, wat sin Broder deit, wenn he em doot süht. Se woe'n Lüüd an'e Krüüzweg schicken, seggt he, de schoe'n uppassen un se Bescheed geven, wenn sin Broder sik wiest. Nu woe'n se eerstmal düchtig eten, seggt he, un wenn sin Broder kümmt, denn so schall se em todecken mit en Liekendook un an't Koppenne en Licht ansteken un bigahn un holen de Dodenklaag. Un so, as se dat afsnackt hebben, so maken se dat uck.

De öllere Broder is ja ut't Huus weg un up Jagd gahn, dar, wo he ümmer jagen deit. He marst sik de heele Dag af, man wat he noch nie nich belevt hett un wat em bannig verbaast: He kriggt rein nix faat. Up'e T'rüggweg süht he hooch in'e Wulken en Adler fleegen un do lett he sin beide Falken los, de he mit hett. De stiegen up gau as de Blitz, nehmen de Adler in'e Mitt un gahn up em los. Nich lang', do kriegen se 'n bilütten ünner, un as 'n neeg nugg is, do snappt de Jäger 'n un seggt, uck he, de hoochflüügt bet in'e Wulken, kann em nich ut'e Fingern kamen.

Do fangt de Adler an un weent un seggt, weer sin Broder man an't Leven, denn so harrn em sin beide Falken un uck twintig nix doon kunnt. De Hand, de em dootmaakt hett, schall verfulen, seggt he. Wokeen em denn dootmaakt hett, fraagt de Jäger. Och, seggt de Adler, bi Frost un Snee un Storm sünd se rutkamen up'e See, un de Storm hett se up en Schipp weiht. Do hett sin Broder jüst up en Tau pedd't, do hett en Schipper – sin Hand schall verfulen! – de hett em drapen un he is in'e See fullen. Un he sülven, nu he em nich mehr hett, he hett in leege Tieden keen Hülpsmaat mehr, so as nu, as he sik nich hett helpen kunnt gegen de beide Falken.

As de Jäger dat hört, do ward he an sin Broder denken, un he ward heel benaut. He lett de Adler los un drifft sin Perd an, all wat he kann. Un dat Perd, dat rönnt un rönnt, bet dat doot umfallt. Do lett he dat Perd liggen un löppt to Foots wieder. As he dicht bi sin Huus kümmt, do warrn de Lüüd em wies un seggen Bescheed. Do leggt de jüngere Broder sik dal, as weer he doot, un sin Swiegersche deckt em to mit en Liekendook, fengt en Licht an un ward jammern un klagen. As de öllere Broder dat Jammern hört, do löppt he noch gauer, un so draa as he in't Huus kümmt, kriggt he sin Swert rut un will up sin Fruu dal un ehr dootsteken. „Du verdammte Aas", schimpt he, „du hest min Broder vergift't!" Do springt sin Broder up un röppt, he schall ehr jo nich anröhren. Nich *se* hett em vergift't, seggt he, nee, *he* hett em vergiften wullt. Do seggt de anner keen Woort, he fallt sin Broder um'e Hals un kann dat gar nich faten, dat de noch an't Leven is. Un do kriggt he dat Blarrn un drückt sin Broder un gifft sin Schuld to un vertellt em allens, wat he belevt hett mit de Adler. Do kriegen se beide dat Blarrn un hulen tosamen un drücken sik. Un vun do an leven se wedder as Bröder un hebben nie nich wedder in Striet legen.

Wecke Fruu pareert an besten?

Dar is mal en rieke Buer we'n, de hett dree Döchter hatt, all dree groot, dat se heiraden koenen, un all dree smucke Deerns. De öllste vun se is de smuckste un uck de plietscheste we'n. Man se is so stiefköppsch un balstürig we'n, keeneen hett mit ehr langkamen kunnt, un dar is nie nich Freden we'n in't Huus. Se hett sik ümmer mit ehr Vadder in'e Wull hatt, dat is en gude un sachtmödige Mann we'n, un uck mit ehr Süstern, dat sünd twee guuthartige Deerns we'n.

Dar kamen – dat kann een sik ja denken – allerhand Jungkeerls up'e rieke Buer sin Hoff un woe'n de Deerns to Fruu hebben, un de eerste seggt to de Vadder, he will geern sin öllste Dochter hebben. Ja, seggt de Buer, he hett dar nix gegen, man he will em reine Wien inschenken un em wahrschuu'n, seggt he, se is so dullköppsch un so twerig, keeneen kann in Freden mit ehr leven. Man darför kriggt se uck dreehunnert Daler mehr mit as de beide anner Deerns. Dat letzte is ja fein, man de Frier kriggt doch Bedenken, un as he en lütte Stoot dar in't Huus kamen is, do ward he umsinns un will doch leever de tweete Dochter hebben. Vadder un Dochter seggen ja, un do warrn se verheiraad't un leven glücklich tohopen.

Denn kümmt en anner Frier, de is ut en anner Dörp, un he will uck eerst de öllste Dochter hebben. De Vadder gifft em desülve Bescheed as de eerste: De öllste Dochter schall dreehunnert Daler mehr mitkriegen as de jüngste. Man de Buer wahrschuut em, he schall sik vörsehn. He will em reine Wien inschenken, seggt he, mit sin öllste Dochter kann keen Minsch in Freden leven, so twerig un stiefköppsch is se. Do ward düsse Frier uck umsinns un sleit sik de öllste ut'e Kopp un will de jüngste hebben. Un dat duert nich lang, do warrn de beiden verheiraad't, un se geiht ut't Huus un levt in Freden un Fründlichkeit mit ehr Mann.

Sodennig wahnt de öllste Dochter denn ümmer noch to Huus bi ehr Vadder. Se ward nich sachtmödiger, nu ehr Süstern sodennig sünd vörtrocken wurrn. Stiefnackig un balstürig, dullköppsch un twerig is se, un dat ward elkeen Dag duller.

Upletzt kümmt dar doch mal wedder een un will ehr hebben. He is nich ut dat Dörp un nich ut dat Kaspel, he kümmt ut en heel anner Harr[1]. De kümmt nu bi de Buer an un fraagt em um sin öllste Dochter. Och, seggt de Vadder, de will he gar nich weggeven, denn dat weer en Sünn un Schann. Se is so wrantig un balstürig, mit ehr kann keen Minsch glücklich leven, un he will nich schuld we'n an jichens een sin Unglück. Man de anner lett nich na, he will ehr hebben, eendoont, wodennig se we'n mag. He kriggt ehr al torecht, seggt he. Do gifft de Vadder toletzt na un seggt, wenn se sik eenig warrn, denn so hett he dar nix gegen. He will ehr ja geern loswarrn, seggt he, un he hett em ja de Wahrheit vörher seggt. Do fraagt de Frömde denn sülven bi de Deern an, un se besinnt sik nich lang, se seggt foorts Ja. Dat is ehr vun Harten leed un sitten to Huus as so'n Utschott

De Frier seggt, he hett keen Tied un blieven dar, he mutt foorts wedder na Huus. So draa as de Hochtiedsdag afmaakt is, glitt he sik wedder af. Se schoe'n nich to Huus up'e Hoff up em luern, seggt he,

---

[1] Harde, alte Verwaltungseinheit im Schleswigschen

wenn he nich schull vör de Kirchtied dar we'n. He is bestimmt to rechter Tied in'e Kirch to Stä'. Un sodennig kümmt dat uck. De Vadder fahrt mit de Bruut to Kirch, un dar sünd en Barg Lüüd dar: Ehr Süstern un Swagers un all Buern vun't Dörp sünd mit, all in se's beste Staat. De Brüdigam is uck dar, he hett Reistüüg an, un do gahn se na't Altar un warrn truut.

So draa as de Truu we'n is, kriggt he sin Bruut bi de Hand un geiht mit ehr rut ut'e Kirch. He seggt to de Vadder, he schall dat nich oevelnehmen, dat se nich mitkamen na dat Hochtiedsfest, man he mutt foorts na Huus, he hett keen Tied. Un denn sehn se to un kamen weg. De Brüdigam is nich as all de annern mit en Waag dar, he is to Perd. He hett en feine grote Grauschimmel mit en richtige Riedersadel un en Paar Sadelpistolen in'e Holsters. He hett keen Familie oder Fründschop mit to Hochtied, blots en feine grote Hund, de hett vör dat Perd legen, wieldes sin Herr binnen we'n is in'e Kirch.

De Brüdigam kriggt sin Bruut faat un swunkt ehr vörn up dat Perd as nix. Denn klabastert he sülven in'e Sadel, gifft dat Perd de Sparen un dat afste', un de grote Hund löppt achterher. De Hochtiedssellschop steiht verbaast dar un kickt se achterna un schüddelt mit de Kopp. Denn stiegen se to Waag un fahren t'rügg na dat Hochtiedshuus un moeten de Hochtied ahn Bruut un Brüdigam fiern.

De Bruut paßt dat allens nich recht, man se will sik doch nich foorts mit ehr Brüdigam in'e Wull kriegen. He ritt drievens mit ehr de Weg lang un seggt nix, un do brickt se dat Ies un seggt, dat is doch mal en feine Perd, 'nem se up sitten doon. Ja, seggt he, he hett soeven anner Perde to Huus in'e Stall, man düt is sin beste Perd un dat düerste, un dat hett he an leevsten. Un denn de feine Hund, seggt se, de mag se uck geern lieden. Ja, seggt he, dat is uck en feine Deert un hett em en Barg Geld kost't.

Ünnerwegens kamen se dör en Holt. Do springt de Brüdigam dal vun't Perd un snitt en Wicheltwieg af. De nimmt he un wickelt 'n dreemal um sin Finger, binnt dar en Faden um un gifft 'n sin Bruut. De harr se as Verlobungsgeschenk hebben schullt, seggt he. Se schall 'n guut uphegen un ümmer bi sik hebben, seggt he, dat schall ehr denn nich leed doon. Ehr dücht, dat is ja en wunnerliche Verlobungsgeschenk, man se stickt 'n doch in, un denn rieden se wedder en Stück. Do fallt de Bruut en Hännsch dal. „Krieg 'n up, Truufast", seggt de Mann. Man de Hund versteiht dat nich un lett de Hännsch liggen. Do treckt he en Pistol ut't Sadelholster un schütt de Hund dal, dat 'n doot liggen blifft. Denn ritt he wieder. Wodennig he dat doch hett ferdigbringen kunnt, fraagt de Bruut. He seggt nie nich wat mehr as eenmal, seggt de Brüdigam. Do seggt se nix mehr, un se rieden wedder en Tiedlang wieder ahn en Woort.

Denn kamen se an en Bek, dar moeten se roever. Man dar is keen Brügg, bloots en Weddel. Do seggt de Mann to dat Perd, dat schall fein uppassen, dat sin Bruut keen Speut afkriggt. Man as se oever de Weddel kamen, do is se doch düchtig vullspeutet. Do springt de Mann dal vun't Perd un bört ehr dal. Denn kriggt he de anner Pistol ut't Sadelholster un schütt dat Perd doot. Dat kostbare Perd, röppt de Fruu. Ja, seggt he, he seggt nie nich wat mehr as eenmal. Denn nimmt he dat Perd Sadel, Dek un Toom af. Toom un Dek nimmt he sülven, man de

Sadel langt he sin Bruut hen. De kann se man drä-
gen, seggt he, se sünd bald dar. Un denn maaken se
sik up'e Padd. De smucke junge Fruu nimmt gau de
Sadel up'e Rügg un geiht achter em ran. Se hett
keen Lust un nödigen em un seggen datsülve twee-
mal.

Nich lang', do kamen se bi em to Huus an up en feine
grote Hoff. Knechten un Deerns kamen rutlapen un
begröten se. Do seggt he to se, dat is sin Fruu un nu
de Fruu up'e Hoff. Wat se se heeten deit, dat schoe'n
se doon, jüst so, as harr he sülven dat seggt. Denn
geiht he mit ehr rin un wiest ehr dar binnen allens,
Stuven un Kamern, Koek un Keller, Waschkoek un
Melkkamer, un he seggt, dat is nu ehr Rebeet, un
dat dar buten is sin Rebeet. Un denn gahn se to
Disch un denn to Bett för de Avend.

Daag, Wuchen un Maanden gahn hen. De junge
Fruu deit ehr Arbeit in't Huus, un de Mann deit sin
up'e Hoff, un nie nich gifft dat en böse Woort mang
se. All de Lüüd up'e Hoff sünd dat wennt un pareern
de Mann, un nu pareern se uck de Fruu. En halve
Jahr is rum, un se hett nich eenmal schimpt, un he
hett dat nich nödig hatt un seggen wat mehr as een-
mal. He is ümmer blied un fründlich to ehr, un se is
ümmer sachtmödig un aardig. Do fraagt he ehr mal,
um se nich hett Lust un fahren mal hen un besöken
ehr Lüüd. Ja, seggt se, dat will se geern. Man se hett
dar ja nie nich wat vun seggt, denn woe'n se man
foorts afste', seggt he, se schall sik man gau ferdig-
maken, wieldes he anspannen deit. Un denn geiht he
dal in'e Stall un spannt an, un de Fruu süht to un
trecken sik um för de Reis so gau, as't geiht. De
Mann fahrt vör de Dör un knallt mit de Swep un
röppt na ehr rin, um se is ferdig. Ja, seggt se un

kümmt foorts rutrönnt un stiggt up'e Waag. Se is ja man halv umtrocken, man se hett ehr Kledaschen up'e Arm un treckt sik up'e Waag ferdig an.

Denn fahren se afste'. As se sünd de halve Weg fahrt, do sehn se en grote Flock Kreihen oever de Weg fleegen. Wat för'n feine witte Vageln, seggt de Mann. Nee, seggt se, de sünd doch swatt. Dat Wedder hollt sik sachs nich bet to Avend, seggt he, dreiht um un fahrt wedder na Huus. Se versteiht woll, wat dat bedüden schall: Se hett nu dat eerste Mal wat gegenan seggt. Man se lett sik nix anmarken, un up'e Weg na Huus snacken se heel fründlich mit'nanner. De Perde kamen wedder in'e Stall. Un dat Wedder hollt sik fein bet to Avend.

Een Maand is vergahn, do seggt de Mann een Morrn mal, dat blifft vundaag woll feine Wedder, um se nich hett Lust un besöken ehr Fründschop. Ja, dat hett se ja würklich, un se strevt sik noch duller as dat letzte Mal, un as ehr Mann vörfahrt un mit de Swep knallt, do is se richtig ferdig un stiggt bi em up'e Waag, un do fahren se afste'. Se hebben al en ganze Stück mehr as de halve Weg schafft, do kriegen se en grote Flock Schaap un Lämmer up Sicht. Dat is ja mal en bannige Flock Wülf, meent he. He meent doch wiss Schaap, seggt de Fruu. Och, dat Wedder hollt sik sachs doch nich bet hen to Avend, seggt de Mann un kickt rup na de Wulken, se woe'n man leever foorts wedder na Huus fahren. Un do dreiht he um un fahrt desülve Weg wedder t'rügg. Se snacken vun düt un dat un sünd heel fründlich mit'nanner un vergnöögt. Man dat Wedder hollt sik uck de Dag bet to Avend.

As wedder en Maand rum is, seggt de Mann een Morrn to sin Fruu, se moeten doch mal sehn un kamen darto un besöken ehr Fründschop. Wat se darvun meenen deit, wenn se foorts de Dag henfahren, dat süht ut na feine Wedder. Ja, dat meent de Fruu uck. In Handumdreihn is se ferdig, un se fahgren afste'. Se sünd noch nich wied kamen, do flüggt dar en grote Treck Swaans oever se weg. Dat weer ja en gewaltige Flock Adebaars, seggt de Mann. Ja, seggt se, dar hett he recht mit, un denn fahren se wieder. Un an de Dag ännert sik dat Wedder nich, un se kamen ganz hen na ehr Vadder sin Hoff. De heet se richtig fründlich willkamen, un he schickt foorts na de anner beide Süstern un se's Männer, un de kamen uck, un dat ward en feine Fest, as se all tohopen sünd.

De Fruunslüüd, de dree Süstern, gahn mit'nanner rut na Koek, dar koenen se an besten snacken, se hebben sik ja so vel to vertellen. Vör allen moeten de beide jüngeren se's öllste Süster – de hebben se ja Jahr un Dag nich sehn – de moeten se ja arig utfragen. Un denn helpen se uck mit un maken dat Eten. För so'n Fest is ja dat beste nich to guut.

Wieldes sitten de dree Swagers bi se's Swiegervadder in'e Stuuv, un de hebben uck vel to fragen un to vertellen. Do seggt de ole Buer, dat is ja dat eerste Mal, dat se all bi em tohopen sünd, un so will he se liekut fragen, wodennig se tofreden sünd mit se's Fruuns. De beiden, de de beide jüngste, sachtmödige Süstern kregen hebben, seggen foorts, se sünd bannig tofreden, un se leven bannig glücklich mit se's Fruuns. Man wodennig em dat denn gahn hett mit sin, woe'n de Swiegervadder un de beide Swagers vun em weeten, de de öllste Süster kregen hett. Ja, en betere

Fruu harr he gar nich kriegen kunnt, seggt he. Do seggt de Swiegervadder, nu much he doch mal sehn, wokeen sin Fruu an besten pareert. He hett en sware, sülverne Kann, de kriggt he her un maakt 'n heel vull mit Sülver- un Goldstücken. De dare Kann stellt he merrn up'e Disch hen vör de dree Mannslüüd, un denn seggt he, de schall de vun se hebben, de sin Fruu an besten pareert.

Dat moeten se ja foorts utprobeern. De Jüngste ehr Mann geiht toeerst na de Koekendör un röppt na buten, Meta, sin Fruu, schall mal even rinkamen, so gau as dat geiht. Ja, seggt se, se kümmt al. Man dat duert doch noch en Stoot, bet se kümmt: Se mutt eerst noch afsnackt kriegen mit een vun ehr Süstern. Wat he denn vun ehr will, fraagt se. Do mutt he sik gau wat infallen laten, un dar geiht se denn wedder mit rut.

Nu schall de Tweete ehr Mann dat denn versöken. Maren schall doch mal even rinkamen, röppt he. Ja, seggt se, se kümmt foorts. Man se hett uck jüst wat in'e Hänne, dat mutt se eerst ferdig hebben, un so duert dat doch noch wat, ehrer se kamen deit. Nu mutt ehr Mann sik uck wat infallen laten, warum he ehr rinrapen hett.

Toletzt geiht de öllste Süster ehr Mann an de Dör, maakt 'n man en lütte beten up un seggt blots eenmal kort „Karen". Ja, seggt se. Se steiht jüst mit en grote Fatt in'e Hänne. Se schoe'n ehr dat foorts afnehmen, seggt se gau to ehr Süstern. Man de kieken ehr blots verbaast an un nehmen ehr de Schöttel nich af. Klacks! smitt se 'n merrn up'e Del, un denn se gau rin in'e Stuuv. Wat anliggen deit, fraagt se. Och, seggt ehr Mann, he hett ehr blots mal sehn wullt. Man nu se al mal dar is, seggt he, kann se de dare Kann nehmen, de dar steiht up'e Disch, dat is ehr mit allens, wat dar in is. Un se schall se doch mal wiesen, wat se an se's Hochtiedsdag as Verlobungsgeschenk kregen hett. Ja, seggt se, dar is dat, un haalt de Wichelring ut ehr Bussen, dar verwahrt se 'n ümmer. De Mann langt 'n sin Swiegervadder hen un fraagt, um he 'n kann liekbögen. Nee, dat kann he nich, seggt he, denn brickt he 'n twei. Ja, süh, seggt de Swiegersoehn, harr he de Twieg nich bagen, as 'n gröön weer, denn so harr he 'n nie nich so henkregen.

Do gifft dat en lustige Festeten, un de Mann ut de anner Harr reist denn mit sin Fruu wedder na Huus. Un se hebben noch lang' un glücklich tohopen levt.

De Lüttbuer

Dar is mal en Lüttbuer we'n, de hett nix hatt as en Fruu un en Koh, un he hett dat Veeh vun't heele Dörp wahrt, dar hett he sin Broot mit verdeent. Man de anner Buern hebben em böös up'e Luer hatt, denn in't heele Dörp is keen Koh fett wurrn, blots de dare Lüttbuer sin. Un elkeen Avend is bloots sin Koh satt un vullfreten na Huus kamen, de annern sünd ümmer leddig un hungerig we'n.

Do geven se ja de Schuld de dare Veehwahrer, un se seggen, he schall dat togeven, warum ümmer blots sin Koh vullfreten na Huus kümmt un de annern leddig un hungerig sünd. Do seggt he heel eernsthaftig, dar kann he doch nix för, wenn se so'n ringe Veeh hebben, wat up'e beste Weid to fuul is un freten. Dar moeten de anner Buern nu mit tofreden we'n, man se woe'n sehn un kriegen de Wahrheit up en anner Aart un Wies rut.

Mal gahn se rut un woe'n sülven tokieken, um dat an'e Köh liggen deit oder an'e Veehwahrer. Se versteken sik in'e Büsche un töven, bit de Flock Köh ankümmt. Do sehen se denn, de Lüttbuer bringt sin Koh ümmer na en frische Stä', man de anner Köh lett he blots dar freten, 'nem dat allens al affreten is. Do warrn se splitterndull un gahn na Huus. Wegnehmen koenen se de dare Veehwahrer nix – he hett ja nix – un so nehmen se sik vör, se woe'n sin Oolsch doothau'n.

As de Veehwahrer an'e Avend na Huus kamen deit, do is sin Oolsch al doot. Do fangt he an un jankt, dat kann en Steen jammern warrn, un jo duller he jankt, jo mehr freu'n sik de Buern. Man he denkt dar uck an, wodennig he kann de Buern dat t'rüggbetahlen, un do hett he en plietsche Infall. He kriggt sin dode Oolsch faat un slept ehr vör't Dörp up'e Straat un sett ehr dar up en Stohl. Denn stellt he dar en Spinnrad vör un richt't dat allens so in, elkeen mutt gloven, se is lebennig un spinnt dar merrn up'e Straat. He sülven verstickt sik achter de Büsche un töövt dar up, wat dar woll bi rutsuert.

Nich lang', do kümmt dar en Fohrmann an, un as de de Oolsch wies ward, do knallt he mit de Swep un röppt, se schall Platz maken. De Oolsch, de roegt sik nich. De Fohrmann bölkt nochmal, se schall Platz maken, anners fahrt he ehr oever. De Oolsch sitt stuur un fast as en Muer. Do knallt de Fohrmann mit de Swep, dat een de Ohren klingen, un fahrt vörwarts. As he an de Oolsch rankümmt, bölkt he nochmal, se schall Platz maken. De Oolsch roegt sik nich, un de Waag fahrt oever ehr weg.

De Lüttbuer, de hett sik dat heele Spektakel anke-ken un kümmt nu mit grote Larm ut sin Verstek rutstört't. Wokeen em denn heeten hett un fahren sin Oolsch oever, bölkt he de Fohrmann an, he will em vör Gericht bringen. Sodennig geiht he tokehr, as wenn he dat heel eernst meent.

Nu kümmt de Fohrmann uck in'e Brass un seggt, mehr as teinmal seggen kann 'n dat doch nich. He hett doch to ehr seggt, se schull Platz maken, denn harr se ja man bisiet gahn kunnt. Un he will wieder-fahren. Man de Buer, de lett em nich, un seggt, he schall mit em vör Gericht. Sin Oolsch hett keen Platz maakt, seggt he, dat stimmt woll, ofschonst he bölkt hett un dicht ranfahrt is, man se hett ja uck nix sehn un nix hört.

Nu ward de Fohrmann doch bang' vör't Gericht, un he leggt sik up't Bidden un seggt, he will em geern Perd un Waag geven, wenn he em man blots nich bi Gericht verklagen deit. Dar is de Lüttbuer mit tofreden, he lett de Fohrmann afstiegen vun'e Waag un stiggt sülven up'e Buck. Denn fahrt he na't Dörp rin, bölkt „Hü!" un „Hott!" un knallt mit'e Swep, dat ballert man so, un all de Lüüd kamen anlapen.

Do warrn de Buern ja groot kieken, as se em dar anfahrt kamen sehn, un se fragen em, wonem he Perd un Waag her hett. Do vertellt he se, he hett sin Oolsch ehr Fell verschüert, un för dat Geld hett he sik Perd un Waag köfft. Dat dücht de Buern en profitable Hannel, un so maken se dat mit'nanner af, se woe'n se's Wiever uck doothau'n. Un do fallen se oever se her un bringen se um'e Eck un trecken se de Huut af. Denn trecken se mit de Fellen to Markt un denken ja, se woe'n bald mit Perd un Waag wedderkamen. Man de dare Fellen laten sik nich recht verkopen, un so moeten se all mit lange Näsen wedder na Huus.

Nu warrn se noch duller up de dare Lüttbuer, un se maken af, se woe'n em in en Sack steken un in'e See versupen. Richtig kriegen se em bi de Wickel, steken em in en düüstere Sack un maken sik up'e Weg hen na de See. Ünnerwegens kamen se an en Kapell vörbi, un dar is jüst Gottsdeenst, un do woe'n se de nich versümen un gahn dar rin. De Sack mit de Lüttbuer laten se buten liggen, dat se 'n na de Gottsdeenst in'e See smieten woe'n. De Lüttbuer markt sin Schangs un röppt ümmerto, he mag ehr nich lieden un he will ehr nich hebben.

Do kümmt dar en Wannersmann vörbi, de hört sik dat snaaksche Bölken en ganze Tied an, un denn geiht he ran an'e Sack un fraagt, wat he denn nich lieden mag, un wat he nich hebben will. Do antert de Stimm ut'e Sack, he schall en Königsdochter friegen, un de mag he nich lieden un de will he nich hebben, un he fraagt, um he, de Wannersmann, ehr nich hebben will. En Prinzessin kriggt een ja nich elkeen Dag, seggt de Wannersmann, warum schull he de nich heiraden woe'n. Ja, seggt de Lüttbuer, denn so schall he man de Sack upbinnen un an sin Stä' dar rinkrupen, denn so schall he ehr sachs kriegen. Do knütt' de anner de Sack up un krüppt dar sülven rin. Un de Lüttbuer süht to un kamen weg un lacht sik en Kringel an'e Buuk.

As de Gottsdeenst to Enne is, do kamen de Buern dar rut, fahren mit se's Sack na de See un smieten 'n dar rin. Denn fahrn se wedder na Huus un freun sik, se denken ja, nu sünd se de Lüttbuer los. Man se spazeern dar nich lang' in't Dörp rum, do kümmt se al wedder de dare Lüttbuer in'e Mööt mit en Flock Swiens, de hett he sachs jichens en Stä' klaut. Do verstahn de Buern ja de Welt nich mehr, se kieken sik groot an un klei'n sik achter de Ohren. En paar vun se gahn ran na em un fragen, wodennig he denn wedder is lebennig wurrn un wonem he hett de dare Flock Swiens her.

Do seggt de Lüttbuer, de Swiens, seggt he, de hett he ut'e See haalt, dar gifft dat dar nugg vun. Dat is en Jammer, seggt he, dat he dat nich ehrer wusst hett. Un wenn se klook sünd, seggt he, denn so schoe'n se man uck hengahn un haal'n sik dar en Slarrs vun.

De Lüttbuer sin Wöör sünd gau dat Dörp rum. De Buern ratslaan un maken af, se woe'n in'e See jumpen un halen sik de Swiens. Do gahn se rut na de See, un as se dar anlangt sünd, do dreiht sik een vun se um un seggt, se schoe'n man en beten töven. He will vöranspringen, seggt he, un wenn he de Swiens up Sicht kriggt, denn will he ropen „Kumm", un wenn se dat hören, seggt he, denn so schoe'n se man all achterran springen, un denn warrn se de Swiens al na baven bringen.

De dare Vörslag is se all mit. Do geiht de dare Buer na dat Water hen, nimmt Anloop un jumpt dar rin. „Plump", maakt dat. De annern hören dat un meenen, he hett „Kumm" rapen, un do hoppen se all in't Water rin un versupen.

Do sünd de Buernfruuns doot un de Buern uck, un de Lüttbuer is heel un deel alleen in't Dörp. Do is de heele Riekdom vun all de Buern sin, un he is so lustig un fideel, he harr mit keen Graaf oder König tuuschen wullt.

De Reis an't Enne vun'e Welt

„Rieke Peter Larsen" – dat is en Grootbuer we'n, un he is de riekste Keerl in't heele Kaspel we'n. Man he is leeg we'n un hart un grootsnutig. He hett man blots een Kind hatt, en Deern, de hett Karen heeten. In datsülve Dörp hett uck en arme Katenfruu wahnt, un de hett een Soehn hatt, de hett Hans heeten.

De beide Kinner hebben sik al vun lütt up an leev hatt, se hebben tosamen spelt un tosamen lehrt, in de School un in de Kumfermandenstunn. As se denn groot sünd, do geiht Hans een Dag roever na Rieke Peter Larsen un seggt to em, he hett sin Dochter leev un se em uck, un so wull he mal fragen, um se nich koenen en Paar warrn.

Dar ward Peter Larsen so dull oever, he will vör Dullheit meist bassen. Un he spiggt in sin Fuust un haut Hans een liek mank de Ogen, un denn seggt he, jo, wiss schall he Karen hebben, man denn mutt he eerst an't Enne vun'e Welt reisen. Kümmt he denn mal wedder t'rügg, denn schall he ehr kriegen.

He will dat versöken, seggt Hans, un denn geiht he na Huus na sin Mudder un vertellt ehr, he kriggt Karen, wenn he eerst is an't Enne vun'e Welt we'n, un so will he sik foorts up'e Padd maken. Do kriggt sin Mudder dat Weenen un seggt mit Tranen in de Ogen, he schall doch jo nich vun ehr gahn. Man dat helpt allens nix, Hans will afste'. Do gifft de Mudder em wat to eten mit in en Paas, un denn maakt he sik up'e Weg.

Hans geiht ümmer liekut – sodennig mutt he ja doch mal an dat Enne vun'e Welt kamen. Un so lang' as he noch en Mundvull to eten hett in sin Broodbüdel, kehrt he keen Stä' in. He will sik nich geern upholen laten, denn he hett ja sachs en lange Weg vör sik. Man as dar nich en Krömel Brood mehr na is in sin Büdel, do mutt he doch ringahn na en grote Buernhoff un beden um wat to eten. De Buer vun de Hoff fraagt em, wonem he denn hen will, un do vertellt Hans em, he mutt an't Enne vun'e Welt, anners kriggt he Rieke Peter Larsen sin Dochter nich. Tjä, seggt de Buer, wenn he an't Enne vun'e Welt will, denn so hett he en Updrag för em: He schall doch mal rutkriegen, wodennig dat angahn kann: He hett dree smucke Deerns un is so riek, dat langt för mehr as de dree, man liekers kümmt dar nie nich en Frier för se.

He will doon, wat he kann, för un kriegen dat rut, seggt Hans, un he kriggt sin Broodbüdel düchtig vull maakt. Un denn treckt he wedder wieder, ümmer de Näs na, so lang' as dar noch en Krömel Brood in sin Büdel is. Man as de heel leddig is, do geiht he rin na en grote Herrenhoff un fraagt um en Brock to eten. Wo wied he denn wannern deit, will de Herr weeten. Tjä, seggt Hans, he mutt bet an't Enne vun'e Welt, anners kriggt he Rieke Peter Larsen sin Karen nich.

Na, seggt de Herr, schall he bet an't Enne vun'e Welt, denn so hett he en Updrag för em. Up sin Hoff, dar is en Boom, de hett rode Bläder up'e eene Siet un witten up'e anner, man drägen deit 'n nie nich. He schall doch mal sehn un kriegen rut, 'nem dat vun kamen deit.

Hans seggt, he will doon, wat he kann för un kriegen dar Bescheed um, un he kriggt sin Broodbüdel düchtig vullprammst. Denn seggt he adjüs un velen Dank un geiht wedder vörföötsch wieder, so lang' as he noch hett en Brock Brood in'e Büdel. As de wedder heel leddig is, do geiht he rin na en König sin Slott un fraagt um wat to eten. De König steiht jüst sülven buten vör de Dör un hört dat, un do fraagt he Hans, wonem de Reis denn hengahn schall. Un Hans antert so as ümmer, he mutt bet an't Enne vun'e Welt, anners kriggt he Rieke Peter Larsen sin Karen nich.

Och, seggt de König, wenn he bet an't Enne vun'e Welt mutt, denn so kann he em doch uck Bescheed schaffen, wonem sin Dochter afbleven is, de is em vör en Jahrener soeven klaut wurrn.

He will sehn, wat he doon kann, seggt Hans, un is em dat moeglich, denn so will he em sachs Bescheed geven. Do kriggt he sin Broodbüdel so vullprammst, dat langt för en lange Tied. Un he geiht wedder düchtig vöran, bet he merrn in en düüstere Holt na en Schillerhuus kümmt, dar steiht en ole Suldaat up Posten. De röppt Hans an un fraagt em, wonem he hen schall.

He mutt bet an't Enne vun'e Welt, seggt Hans, anners kriggt he Rieke Peter Larsen sin Dochter nich, un he fraagt de Schildwach, um he dat noch wied hett bet darhen. Nee, seggt de anner, nu is dat nich mehr so wied. He kümmt bald an en grote Water, seggt he, dat is dat Rode Meer, un up'e anner Siet liggt dat Slott an't Enne vun'e Welt. Man dar huust en leege Hexenmeister in, seggt de ole Suldaat. Ja, dat is em eendoont, wokeen dar in wahnen deit, seggt Hans, he schall un mutt dar hen.

Denn so schall he doch mal för em nafragen, seggt de Schildwach, wannehr he aflöst ward, he steiht dar al dreehunnert Jahr up Posten. Ja, seggt Hans em to,

dat will he doon, un denn süht he to un kamen wie-
der, un nich lang', do steiht he an't Rode Meer. Dar
bemött he en ole Wief, de hett en lütte Boot, dar sett
se Lüüd oever mit.

Wonem he denn hen schall, fraagt se. He mutt an't
Enne vun'e Welt, antert Hans. Dar kümmt he noch
fröh nugg hen, seggt se, denn dar kümmt he doch nie
nich wedder t'rügg vun. Och jo, jeggt Hans, he mutt
ja wedder na Huus, dat he Rieke Peter Larsen sin
Karen friegen kann. Tjä, seggt dat Wief, ehretwegen
will se em oeversetten, un för de Fall, he kümmt
wedder, denn so schall he ehr seggen, wo lang' se dar
noch blieven mutt. Se hett de Lüüd dar nu al soeven-
hunnert Jahr lang oeversett.

He will mal sehn, um he dat rutkriegen kann, seggt
Hans, un denn sett he sik in'e Boot un dat Wief fahrt
mit em oever dat Rode Meer un roever na dat Slott
an't Enne vun'e Welt. He finnt en Door, dar kloppt
he an, un do kümmt dar en junge Deern un maakt
em up, dat is en Prinzessin. Anners is dar keeneen
in't Slott. He wünscht ehr gu'n Avend un fraagt, um
he dar kann Nacht blieven. Nee, seggt de Prinzessin,
wat he dar denn will? He kümmt dar ja nie mehr
lebennig weg, seggt se. Jo, antert Hans, he hett dar
henkamen schullt un musst, anners kriggt he Rieke
Peter Larsen sin Karen nich. Na, seggt de
Prinzessin, nu is de Hexenmeister nich to Huus, man
wenn he kümmt, seggt se, un he rüükt Christen-
bloot, denn so is dat vörbi mit em. Ja, seggt he, he
mutt aver mit em snacken, denn he hett en Barg
Updräg kregen, de mutt he utföhren. Un denn ver-
tellt he de Prinzessin vun allens, wat he rutkriegen
schall.

As he nu vun'e König to snacken kümmt, de weeten will, wonem sin Dochter afbleven is, do ward se weenen un seggt, dat is wiss ehr Vadder we'n. Nu schall he man rinkamen, seggt se to Hans, se will tosehn un helpen em. Se will em to en Hekel maken un em an't Koppenne vun't Bett hängen, un wenn se seggt: „Hör to, Hekel!", denn so schall he nipp un nau uppassen, wat dar seggt ward. Un so, as se dat seggt hett, deit se dat uck, un nich lang', do kümmt de Hexenmeister na Huus.

Huh, huh, huh, röppt he, he rüükt Christenbloot. Och nee, seggt de Prinzessin, he schall man ganz ruhig we'n. Dar is man vundaag en Kreih oever't Dack flagen, un de hett en Been in se's Hoff verlaren – hett 'n sachs vun en Kirchhoff haalt hatt. Dat is dat wiss, wat he nu rüükt, seggt se. De Hexenmeister vertehrt denn sin Avendbroot, un denn gahn se to Bett.

Se hebben en beten legen, do ward de Prinzessin sodennig snorken, de Hexenmeister ward dar waak vun. Do stött he ehr an un fraagt, wat se denn so gresig snorken deit. Och, seggt se, se hett wat dröömt. Wat denn, will de Hexenmeister weeten. Se hett vun en Mann dröömt, seggt se, de hett dree smucke Deerns, un he kann se en rieke Utstüer geven, man liekers kümmt dar nie nich en Frier na se. Wonem dat woll vun kamen kann, fraagt se. Ja, seggt de Hexenmeister, dat weet he woll, man de Mann ward dat nie nich to weeten kriegen. He mutt de halve Dören na binnen kehren un de halven na buten, denn kamen dar elkeen Dag Friers. „Hör to, Hekel!" seggt de Prinzessin. Warum se dat seggen deit, fraagt de Hexenmeister. Och, seggt se, dat is man so in Droom.

Denn gahn se wedder slapen. Man nich lang' un he
ward wedder waak vun de Prinzessin ehr Snorken,
un do fraagt he ehr, wat se denn nu dröömt hett. Och
seggt se, se hett vun en Junker dröömt, de hett en
Boom in sin Gaarn, de hett up de eene Siet rode Blä-
der un up'e anner witten, man drägen deit 'n nie
nich. Wodennig dat angahn kann? Ja, seggt he, dat
weet he woll, man de Junker ward dat nie nich to
weeten kriegen. He mutt acht Knechten bikriegen un
graven, veer up elkeen Siet, denn finnen se dar en
Tunn Gold un en Tunn Sülver ünner. „Hör to,
Hekel!" seggt de Prinzessin. Warum se dat seggen
deit, fraagt de Hexenmeister. Och, seggt se, dat is
man so in Droom.

Se hebben noch nich lang' wedder slapen, do maakt
se em wedder waak mit ehr Snorken, un he fraagt
ehr, warum se denn nu sodennig snorken deit. Och,
seggt se, se hett dröömt. Dat is ja gresig mit ehr Drö-
merie, seggt he, wat se denn nu wedder dröömt hett.
Se hett vun en König dröömt, seggt se, de hett een
Dochter hatt, de is em vör soeven Jahr stahlen
wurrn. Dat is se ja sülven, bölkt he un is nu so split-
terndull, he harr ehr meist upfreten.

Do verfehrt de Prinzessin sik bannig, un se truut sik
nich un kamen mit mehr Fragen. Man se mutt se ja
all rutkriegen. Do lett se em denn en ganze Tied
ruhig slapen, man denn fangt se wedder an un
snorkt, un he ward waak. Dat is doch des Deuvels
mit ehr Snorken, gnatzt he. Ja, seggt se, se is dar
sülven heel unglücklich oever. Wat se denn nu för'n
Droom hatt hett, fraagt he. Se hett vun en ole Sul-
daat dröömt, seggt se, de steiht buten in't düüstere
Holt bi en Schillerhuus up Posten. Wovel Jahr he
dar woll noch stahn mutt, fraagt se. Ja, seggt de

Hexenmeister, dat weet he woll, man de Suldaat kriggt dat nie nich to weeten. He kann aflöst warrn wannehr he will. Wenn he dat in de Luft dunnern hört, dat et in de Eerde droehnt, denn mutt he seggen, „Hör, du Satan, de du flüggst un flatterst in'e Luft, kumm nu un lös mi af! Ik heff hier so vel Jahren stahn, nu schast du in all Ewigkeit dar stahn." Denn so mutt he sülven dar up Posten stahn. „Hör to, Hekel!" seggt de Prinzessin. Warum se dat denn ümmer seggen deit, fraagt de Hexenmeister. Och, seggt se, dat is man so in Droom.

Do gahn se wedder slapen, man nich lang', do kümmt de Hexenmeister wedder hooch vun wegen dat bannige Snorken, un he will weeten, wat se denn nu wedder dröömt hett. Ja, seggt se, se hett dröömt vun en ole Wief, de sett de Lüüd oever dat Water so lang', as se denken kann. Wo lang se dar noch mit biblieven mutt, fraagt se. Ja, seggt de Hexenmeister, dat weet he woll, man dat Wief dörv dat nie nich to weeten kriegen. Wenn se en Christenminsch in'e Fingern kriggt, de dat Gnick umdreiht un denn dree Drüppen Bloot utsuugt, denn so kann se hengahn, 'nem se will „Hör to, Hekel!" seggt de Prinzessin. Dat will he nich mehr hören, bölkt de Hexenmeister, un nu schall se em nich mehr stören, anners dreiht he ehr sülven dat Gnick um. Un denn fallt he deep in Slaap un snorkt, dat heele Huus ward dar bevern vun.

De neegste Morrn steiht de Hexenmeister up, vertehrt sin Fröhstück un glitt sik denn af. Do maakt de Prinzessin de Hekel wedder to Hans, gifft em uck sin Fröhstück un seggt, he schall up ehr töven nedden an de Strand. Se will achternakamen, so draa as de Hexenmeister wied nugg weg is. Denn maakt se

Hans to en lütte Rad un lett dat dalrullen na de Strand, un dar blifft dat liggen, bet de Prinzessin sülven kümmt un maakt dat wedder to en Minsch. Denn stiegen se beide in de Oolsch ehr Boot. Se schall se man gau oeversetten, röppt Hans ehr to. Ja, seggt se, um he denn uck Bescheed mitbröcht hett up ehr Fraag. Ja, seggt Hans, so draa as se up'e anner Siet sünd, will he ehr dat seggen. Un as se denn heel un gesund an't Över un en Stück wied weg sünd, do röppt he dal na ehr, wat se doon mutt för un warrn frie vun ehr Deenst. O, bölkt se t'rügg, harr he ehr dat man ehrer seggt, denn so weer se nu al frie we'n.

Se lopen ümmer wieder, bet se kamen na dat Schillerhuus un vertellen de ole Suldaat, wodennig he kann aflöst warrn vun sin Posten. Un knapp sünd se an em vörbi, do dunnert dat in'e Luft, dat et in de Eerde droehnt, un dat is de Hexenmeister, de is achter de beiden ran. Do röppt de Suldaat, wat he jüst lehrt hett: „Hör, du Satan, de du flüggst un flatterst in'e Luft, kumm nu un lös mi af! Ik heff hier so vel Jahren stahn, nu schast du in all Ewigkeit dar stahn." Do mutt de Hexenmeister dalkamen un up Schildwach stahn – un dar steiht he noch.

Denn gahn Hans un de Prinzessin hen na de König, ehr Vadder. Hans nimmt ehr bi de Hand un geiht mit ehr hen na em un seggt, dat is sin Dochter, de em vör soeven Jahr is stahlen wurrn. Eerst will de König dat nich gloven, man do seggt de Prinzessin, he kann sik doch wull besinnen, as se lütt weer, do is se mal fullen un het sik mit en Taschenmess in'e rechte Hand staken. Un se wiest em de Narv. Do freut de König sik so dull, dat he sin Kind wedderkregen hett, un he is so dankbar, dat he Hans foorts de Prinzessin un dat halve Königriek anbeeden deit.

Man Hans bedankt sik velmals un seggt, he mutt na Huus un kriegen Rieke Peter Larsen sin Dochter.

Do gifft de König em en Tunn vull Gold un en smucke Waag mit veer Perde darvör un Kutscher un Deener. Darmit reist Hans wieder na de Herr, de de dare wunnerbare Boom in'e Gaarn hett. He gifft em Bescheed, un foorts warrn acht Knechten haalt un ansett to graven, veer up elkeen Siet vun'e Boom. Un do finnen se up'e eene Siet en Tunn Gold un up'e anner en Tunn Sülver. Dar freut de Herr sik bannig oever, un he gifft Hans dat Halve to Finnerlohn, en halve Tunn Sülver un en halve Tunn Gold, un dat ward em up'e Waag laden, un he fahrt wieder. Ünnerwegens fahrt he vör bi de rieke Buer mit de dree smucke Döchter, 'nem keen Friers henkamen. Hans vertellt em, he schall de halve Dören na binnen kehren un de halven na buten, denn so kamen dar sachs elkeen Dag wecke Friers. Dar freut de Buer sik sodennig oever, he seggt to Hans he schall sik man een vun sin Deerns utsöken, un wat för een he hebben will. Man Hans will gar keen, he is al verspraken, seggt he. Denn will de Buer em hunnert Daler geven. Man uck de will Hans nich hebben, he hett so al Geld nugg, seggt he.

Denn fahrt he wieder na sin Mudder ehr Huus un hollt darvör an. Un he lett binnen fragen, um he dar nich kann Nacht blieven. Do ward de Fruu weenen un seggt, dat is nich recht un drieven Spott mit arme Lüüd. Dat koenen se doch sehn, seggt se, so'n feine Herrschaft kann se nich upnehmen. Man do kümmt Hans rut ut de Waag un un seggt, se schall man nich weenen, he is ja ehr eegne Soehn Hans. Eerst will se dat gar nich gloven, man denn kennt se em doch, un he vertellt ehr sin heele Geschicht, un do is dar idel Freud in'e lütte Döns.

De anner Morrn fahrt Hans rup na Rieke Peter Larsen in sin Waag veerspännig un mit Deener achtern up. Karen is jüst bi un will dat Veeh in'e Stall fuddern un kümmt rut för un kieken, wat dar los is. Man as se dat prachtvulle Fahrtüüg wies ward, wat dar up se's Hoff rupkümmt, do is se so verbaast, se fallt mit en Bunk Heu in'e Arms t'rüggaars up'e Misspahl. Un Rieke Peter Larsen kümmt rut mit de Mütz in'e Hand un maakt Bücklings un Kratzfööt.

Do seggt Hans, he is dat ja man, un um he nu sin Dochter Karen kriegen kann. He is nu an't Enne vun'e Welt we'n, seggt he. Un Peter Larsen kann sik ja woll besinnen, seggt he, dat he em wecken langt hett un hett seggt, wenn he dar we'n is, denn so kann he sin Karen kriegen.

Un denn kriggt Hans sin Karen nu uck, un se maken Hochtied. Un nu sitten se up'e Rieke Peter Larsen sin Hoff un hebben al grote Kinner, de trecken rum un verhoekern Boddermelk bi Elen un Kautobak bi Kannen, un

Snipp, Snapp, Snuut,
dat Märken is nu ut.
Dipp, Dapp, Dann,
nu fangt en anner an.

Eenoss

Dar is mal en Buer we'n in en Dörp, de hett gar nix glücken wullt. He hett dat to nix bringen un nich vöran kamen kunnt. Sin Immen sünd utflagen un hebben sik in anner Lüüd se's Gaarn an'e Böme hängt. Vun sin Höhner hett de Voss mehr haalt as bi anner Lüüd. Un wenn anner Buern se's Soegen twölf Farkens hatt hebben, denn hett he tofreden we'n musst, wenn bi sin Soeg een oder twee Farkens achterran quieken. Sin gröttste Wunsch is we'n, he hett eenmal mit en Spann Ossen fahren wullt, un he hett dar af un to vun snackt, he wull dat woll nochmal so wiet bringen.

Man dat will un will nich gahn, un een Dag fallt em de eene vun sin beide Ossen um un is doot, un do hett he blots noch een na. Vun do an heet he bi de Lüüd blots noch „Eenoss": Mit veer hett he fahren wullt, un een is em man noch bleven. Man dat duert nich lang', do dücht de Lüüd, de Naam passt noch vel beter to em. Do is em uck noch sin letzte Oss krepeert, un he hett gar keen mehr. Eenoss kickt sik dat dode Beest mit en trurige Gesicht an vun'e eene un vun'e anner Siet, man dat Deert ward nich wedder lebennig, un do seggt Eenoss, nu mutt he denn wull sülven Oss spelen.

Do treckt he denn fix dat Deert dat Fell oever de Ohren un ritt dar to Markt mit, dat he dat Fell to Geld maken will. Ahn dat Fell un mit en paar Penn mehr in'e Tasch maakt he sik denn up'e Weg na Huus. In en Holt mutt he afstiegen, un do ruppt he sik dar en Handvull Gras af, dar will he sin Steveln mit rein maken, un do süht he, bi sin Fööt, dar blinkert dat. He bückt sik dal un kickt na, un do finnt he

116

dar dree Pütte mit Geld, so vel un so swaar, he kann dat meist nich up sin Perd wegbringen, un sodennig kümmt he denn langsam to Foot blangen dat Perd in Schummern bi sin Kaat an. Nu will he geern weeten, wovel dat woll is, un do schickt he sin Jung na de Hardesvaagt[1], dat de em en Schepelmaat lehnen schall. As he 'n de anner Dag t'rüggschicken deit, do is dar in en Ritz en Schilling in steken bleven. Do fraagt de Hardesvaagt de Jung, wat Eenoss darmit maakt hett, un do vertellt de em, he hett dar sin Geld mit meten, un he hett fief Schepel vull insackt.

De Hardesvaagt nu ja gau hen na de Sandmann[2] un vertellen em dat, un as de nu hört, de arme Eenoss is upmal en rieke Mann wurrn, do löppt he foorts mit de Hardesvaagt hen na de Buervaagt un vertellt em dat. De Buervaagt is en kloke Mann, he hört dat Gras wassen un de Fleegen hoosten, un as em nu to Ohren kümmt, Eenoss is upmal riek wurrn, do meent he foorts, dar mutt wat achter steken, un dat hett sik dar vellicht nich ganz richtig mit. De anner beiden plieren sik to, un do warrn de dree sik eenig, se woe'n hen na Eenoss un em liekto fragen, wokeen he de Hals umdreiht un dat Geld klaut hett.

Denn man nix as los. De Buervaagt geiht vöran na Eenoss sin Kaat rin, rümpt un hoostet, stütt sik mit dat Krüüz up sin Stock, hoostet un rümpt nochmal, un denn seggt he Eenoss batz vör de Kopp, he schall dat man ingestahn, wokeen he heemlich doothaut un dat gresig vele Geld rövert hett. Un he hollt em to'n

[1] Hardesvaagt: Vorsitzender des Hardesthings, der Gerichtsversammlung der Harde. Die Harde war eine Verwaltungseinheit im Schleswigschen.
[2] Sandmann: Beisitzer im Hardesthing.

Bewies de Schilling ünner de Näs, de in'e Schepel hängen bleven is, un fraagt em, um he de kennen deit. Eenoss weet gar nich, wat de Hardesvaagt, de Sandmann un de Buervaagt in'e Kopp kamen is, un he ward heel benaut. Un as he endlich to weeten kriggt, de Hardesvaagt hett sin Jung utfraagt, do leggt he sik up't Lögen, un de dree kriegen em ümmer mehr up'e Luer.

Toletzt kann he nich mehr utkniepen, un do gifft he dat to mit all dat Geld, un he lüggt noch mehr darto as vörher, un he vertellt de dree, he hett keeneen dootmaakt un uck nich beklaut, nee, he hett allens ehrlich för sin Ossenfellen kregen, de hebben em de Schoosters up'e Markt man so wegreten un dreefach mit Geld upwagen, denn dat Ledder is al lang knapp we'n un de Lüüd sünd al bang we'n, se mussen barfoot lopen. Harr he man noch en Barg Ossen un Köh mehr hatt un slachten kunnt, denn harr he dar en grote Hannel mit maken un en Barg Geld verdeenen kunnt, de Nafraag is to un to groot.

De Buervaagt plinkt de Sandmann to un de Sandmann de Hardesvaagt, un denn gahn se all dree weg, se woe'n uck riek warrn. De neegste Morrn bölkt in'e Stall vun'e Hardesvaagt, de Sandmann un de Buervaagt keen Oss un keen Bull, keen Kalv un keen Koh. Man darför fahren de dree mit Wagens mit hoge Föders to Markt, un up elkeen Waag liggen Bargen vun Ossen- un Kohfellen.

Up'e Markt, dar drängeln sik de Lüüd, man de kümmern sik gar nich um de Hardesvaagt, de Sandmann un de Buervaagt se's Ossenfellen. Af un to kümmt mal en Schooster oder en Garver an'e Waag ran, fummelt mal en beten an so'n Fell rum un geiht wedder weg. Toletzt kümmt dar doch mal een un will kopen, un do maakt de Hardesvaagt en heel wichtig Gesicht un verlangt so gewaltig vel Geld, de Mann lacht em wat ut un geiht weg. Bi de Sandmann is de Hannel nich billiger, un de Buervaagt is ja vel to klook, as dat he de slaue Stadtlüüd sin Waar schenken will. He verlangt noch mehr Geld as de Hardesvaagt un de Sandmann. Bi de Hardesvaagt hett de Garver lacht, bi de Sandmann hett he verwunnert schüttkoppt, man bi de Buervaagt ward he dull un will sik nich vör'n Narrn hollen laten. He schimpt luuthals up de doesige Buern, un dat woe'n de doesige Buern nich up sik sitten laten. Een Woort gifft dat anner, vun Wöör kümmt dat to Slääg, un dat gifft en Gedrängel, un dat kümmt to en grote Uploop un Tummelum, un de Hardesvaagt, de Sandmann un de Buervaagt warrn de Fellen vun'e Waag reten un hierhen un darhen smeten. Sodennig hebben se dar vel Nehmers, man keen Betahlers funnen. Un se koenen sik man freuen un kamen dar mit heele Huut vun af. Sodennig kamen se mit weniger na Huus, as se henfahrt sünd, un se swören, se woe'n Eenoss an't Fell, wo he se so rinleggt hett.

Eenoss hett dat böös up'e Luer, un so lett he sik wedder en nüe Hansbunkentogg infallen. He stickt en Swien af un smert sin Fruu mit dat Bloot in, denn leggt he ehr in'e Stuuv up en Böhr un deckt ehr to mit en witte Laken. As de Hardesvaagt, de Sandmann un de Buervaagt nu anstörmt kamen un em een bipulen woe'n, do verfehren se sik vör de Fruu up'e Dodenböhr, un statts dat se up Eenoss dalgahn, fangen se an un klagen mit em, bet se to weeten kriegen, Eenoss hett sin Fruu de Hals afsneden. Do warrn se wedder dull un woe'n em an't Leven. Man

Eenoss seggt, se schoen man still swiegen, kriggt en Wichelfleut rut, dar blaast he up un geiht dreemal um'e Böhr. Denn seggt he to de Fruu, se schall upstahn, sik waschen un wedder rinkamen. De kümmt ünner dat Dook tohööcht, oeverall vull mit Bloot, geiht rut, un kümmt na en korte Tied reinwuschen wedder na de Stuuv rin. De Hardesvaagt, de Sandmann un de Buervaagt rieten ja nu Ogen un Muul sparrangelwied up. De Fruu dücht se nu jünger un smucker as vördem. Ja, seggt Eenoss, dat kümmt vun de Wunnerkraft vun sin Fleut, de Ton darvun maakt Doden gesund un ole Wiever jung, un do beden se em so lang', bet he se de Fleut lehnt.

De Hardesvaagt as de Boeverste kriggt de Fleut toeerst. He geiht bald na Huus un seggt to sin Fruu, se schall sik dalleggen. Se lacht, se weet ja nich, wat he vörhett, un leggt sik dal, un do kriggt he gau en grote Mess rut un snitt ehr de Kehl dörch. Denn nimmt he de Fleut, blaast dar rin un geiht dreemal um de Liek rum. Knapp hört de Sandmann de Fleut, do murkst he uck sin Oolsch af un löppt gau na de Hardesvaagt un halen de Wunnerfleut. He geiht um sin Fruu ehr Liek rum un blaast all, wat he kann, dat he ehr wedder lebennig maken will. As de Buervaagt dat hört, maakt he dat mit sin Oolsch jüst so, as de Hardesvaagt un de Sandmann dat mit se's Fruuns maakt hebben, haalt de Fleut un blaast mit vulle Backen dar rin, man dat helpt allens nix. De dree Fruunslüüd sünd doot un blieven doot. Do warrn de Hardesvaagt, de Sandmann un de Buervaagt oever alle Maten dull up Eenoss un maken sik up'e Padd, se woe'n de Mörder un Bedröger an't Leven.

Eenoss hett al lang' Müüs markt un wedder wat Nües utheckt. He treckt sin Perd ut'e Stall, stellt dat merrn up'e Del up en witte Laken, un stickt 'n en Deel lütte Sülverstücken ut sin Schatz in'e Mors. As denn de Hardesvaagt, de Sandmann un de Buervaagt rinstörmen kamen un woe'n em to Kleed, do blieven se verbaast up'e Süll stahn. Vun dat Perd fallt een Stück Geld na dat anner dal up't Linnendook. As Eenoss süht, se hebben em bi't Geldupsammeln faatkregen, do deit he heel benaut. De dree fragen em nu, um dat is en Wunnerperd. Ja, seggt Eenoss, he kann dat nich afstrieden, nu se dat ja mal wies wurrn sünd, ja, dat is en Wunnerperd, un dar kümmt dat Geld vun, wat he hett mit Schepeln meten. Do setten se em to, he schall se dat Perd för düre Geld verkopen, un toletzt gifft he na. De dree leggen tosamen un bringen Eenoss dat Geld un trecken af mit dat Perd.

De Hardesvaagt as de Boeverste kriggt dat toeerst un stellt dat foorts bi sik to Huus up en utspreedte, witte Laken un binnt dat Deert en arige Paas Haver vör't Muul, dat dat de Nacht oever düchtig freten schall. De Nacht kann he meist nich slapen, he mutt dar ümmer an denken, wat he mit all dat Geld anfangen will. As dat toletzt Dag ward, löppt he gau hen na dat Perd un söcht mang de Perdeappeln up dat Laken na Geld. Un richtig, he finnt een lütte Sülverstück. He will dat jüst insteken, do kümmt de Sandmann rin, de hett uck nich slapen kunnt vör Gedanken, un he seggt, wat de Hardesvaagt doch en Glück hatt hett, nu he oever Nacht steenriek wurrn is. Nu is he an'e Reeg, seggt he un kriggt dat Perd an't Koppstück faat un treckt dat in sin Stall.

He spaart uck nich an't Fudder. De Rööp ward vull-
makt mit Heu un de Krüff mit reine Haver, ünner
dat Wunnerperd ward en witte Laken utspreedt un
denn de Stalldör toslaten, dat jo keeneen wat mar-
ken oder wat wegnehmen schall. Dat Laken ward
uck vull – man nich mit Geld. As de Sandmann na-
söcht, kickt he sik meist de Ogen ut'e Kopp, man
Geld finnt he nich.

Do kümmt vull Ungedüür de Buervaagt an un
meent, de Sandmann is nu riek nugg wurrn, nu is he
an'e Törn, he will uck sin Deel hebben. De Sand-
mann seggt ja nu, he hett nich een Penn funnen, un
he schimpt up de dare Krack un up Eenoss, de schitt
se ümmer un ümmer wedder an. Man de Buervaagt
lacht em wat ut un meent, de Sandmann will dat
Perd man blots länger beholen, dat he noch rieker
ward. Un so kriggt he dat Deert kortfardig faat an't
Koppstück un bringt dat in sin Stall. He maakt dat
jüst so as de Sandmann, un dat geiht em uck jüst so
as de Sandmann. Dar is keen Geld un dar kümmt
keen Geld. Heel dull in'e Kopp löppt he hen na de
Sandmann, un mit de Sandmann hen na de Hardes-
vaagt, un all dree maken se sik up'e Padd, se woe'n
Eenoss an't Ledder.

Eenoss is nich recht guut topass. He spickeleert un
spickeleert, wat he maken schall, wenn de Hardes-
vaagt, de Sandmann un de Buervaagt ankamen un
em een pipulen woe'n. He sitt noch so dar mit de
Ellbagens up'e Kneen un de Kopp in'e Hänne, do
kamen de dree rinstörmt mit blanke Speten un seg-
gen, he mutt starven. Ja, seggt de Hardesvaagt, dat
mutt he, he hett se um de Ossenfellen bedragen. Un
se darto bröcht un maken se's Fruuns doot, seggt de
Sandmann. Ja, un wat se woll hatt hebben vun dat

Perd anners as Stank un Undank, seggt de Buer-
vaagt. He mutt starven, ropen se all dree as een
Mann. Ja, jankt Eenoss, dat mutt he woll, un he
kickt de dree Dullköppe ganz jämmerlich an. Star-
ven mutt he woll, seggt he, man de Fraag is, wan-
nehr un wodennig. Se hebben sin Dood ja beslaten,
un he will sik nich to Wehr setten. Man se schoe'n
em doch de letzte Leev doon un em in en Tunn setten
un in de See smieten. En anner Dood hollt he nich
ut, seggt he.

De Hardesvaagt, de Sandmann un de Buervaagt
dücht, dar is wat an, un wo Eenoss nu mal keen
anner Dood verdrägen kann, do warrn se sik eenig,
se woe'n em afsupen. Foorts ward en Tunn ranrullt,
Eenoss ward dar rinsett, de Deckel upleggt, de Bän-
ner updreven, un los geiht dat mit Eenoss in'e Tunn
up'e Schullern. Vör dat Dörp günst Eenoss luut up
in't Fatt, un de Buervaagt röppt heel verfehrt, he
blifft doot, he blifft doot. Ja, seggt Eenoss, he blifft
doot, man dat maakt nix, em quält wat Anners. He
will se man wat ingestahn, seggt he. He mutt ja nu
doch dootblieven, seggt he, un wat helpt em dar noch
Geld un Gold. He hett to Huus noch dat Geld versta-
ken, wat he vun se kregen hett för dat Perd, dat will
he se schenken. Man is he eerst doot, seggt he, denn
so kann he se ja nich mehr vertellen, wonem dat is.
Se schoe'n man mal afsetten, seggt he, un em to-
hören.

Do setten de Hardesvaagt, de Sandmann un de
Buervaagt de Tunn dal, un de Hardesvaagt as de
Boeverste seggt, Eenoss schall man snacken un seg-
gen, wonem he afbleven is mit dat Geld, wat he se
schenken will. Ja, seggt Eenoss, he mutt sik eerst
besinnen. Dat is wahr, seggt de Sandmann, de Doez

mag em woll brummen dar in de Tunn, he mutt sik besinnen. Tja, seggt Eenoss, wenn he se dat nu seggen deit, un se gahn denn hen un finnen dat nich foorts an de dare Stä', un se hebben em in'e See smeten, wokeen se denn woll fragen woe'n, um se em uck hebben richtig verstahn. Dat's wahr, seggt de Buervaagt, se woe'n de Tunn man so lang' stahn laten, dat se Eenoss fragen koenen, wenn se dat Geld nich finnen, um he se uck hett de Wahrheit seggt. Na, de Raat is guut, un de Hardesvaagt un de Sandmann meenen uck, dat is an besten un maken dat so, as de Buervaagt seggt hett.

Se schoe'n sik dat man nich neeg nehmen, dat he nu dootblieven mutt, seggt Eenoss in sin Tunn, se schoe'n dat Geld, wat he se schenken will, man in'e Kroog versupen in Koem un Beer. Un um em schoe'n se sik man nich wieder quälen, he will dar woll up se töven. To Huus in'e Döns, seggt he, achter de Dör in de Kist ünner de Bank, dar liggt en Sloetel, dar schoe'n se dat Schapp in'e Kamer blangen dat Finster mit upsluten. In dat Schapp, seggt he, dar hängt en Rock, un in'e Tasch vun'e Rock, dar is en Sloetel in, dar koenen se en Kist in'e Döns ünner de Bank blangen dat Finster mit upsluten, un dar finnen se denn en Paas in mit nix in. Un up dat Schapp, seggt he, 'nem de Rock in hängen deit, dar steiht en Kist up, de is apen, un dar is uck nix in. Man in'e Kist ünner de Bank achter de Dör in'e Döns, seggt he, dar finnen se blangen de Sloetel en lütte Paket mit Geld. Dat is dat Geld, wat he se schenken will, un dat schoe'n se man in'e Kroog in Koem un Beer versupen. Schön, seggt de Hardesvaagt. Se woe'n dat al finnen, seggt de Sandmann. Se woe'n dat woll beholen, seggt de Buervaagt, un do gahn se all dree hen na Eenoss sin Huus, dat se dat Geld söken woe'n, wat he se schenkt hett to Koem un Beer.

Se nehmen in'e Döns achter de Dör ut'e Kist ünner de Bank en Soetel rut, dar geiht dat Schapp an't Finster in'e Kamer mit up. In't Schapp finnen se in'e Tasch vun'e Rock de Sloetel, de to de Kist in'e Döns ünner de Bank an't Finster passen deit. In de dare Kist liggt en Paas, un in'e Paas is nix in. Eenoss hett de Wahrheit seggt, seggt de Buervaagt. He lüggt doch nich ümmer, seggt de Sandmann. He is doch beter, as een meenen schull, meent de Hardesvaagt. Denn söken se wieder, un se finnen up dat Schapp, 'nem de Rock in hängt, en Kist, de is apen, un dar is uck nix in, jüst so, as Eenoss dat seggt hett. Man in'e Kist ünner de Bank achter de Dör in'e Döns, dar finnen se blangen de Stä', 'nem de Sloetel legen hett, en lütte Paket, dat kriggt de Hardesvaagt – he is ja de Boeverste vun se –, dat kriggt he dar rut un maakt dat up. De Plünn dar um gifft he de Sand- mann, de schall 'n fastholen, un denn tellt he dat Geld de Buervaagt in'e platte Hand. Dat sünd 13 Pennings, 1 Blaffert un 9 Witten, dat langt för Koem un Beer för de dree. Foorts gahn de Hardesvaagt, de Sandmann un de Buervaagt to Kroogs un laten sik dat guut gahn.

Eenoss töövt in sin Tunn, dat dar een langkamen schall, un richtig kümmt dar en Swienharr, de drifft en Flock Swiens vör sik her, de hett he klaut, un fleutet up en Wichelfleut. Eenoss, de kloppt dar bin- nen in sin Tunn un bölkt, he will keen Hardesvaagt warrn un he will keen Hardesvaagt warrn. De Swienharr verfehrt sik un lett vör Schreck sin Fleut fallen, un he truut sik knapp ran, he denkt ja, de Düvel sitt dar in'e Tunn. Man as he nipp tohört, do markt he, dat is doch en Minsch. Do fraagt he, wat dar los is, un do vertellt Eenoss em, de Buern hebben em as Hardesvaagt hebben wullt, un as he dat dare Amt nich hett oevernehmen wullt, do hebben se em in de Tunn sett un woe'n em afsupen. Oh, meent de Swienharr, dar is Raat för, he will dat Amt noch annehmen. Ja, seggt Eenoss, denn schall he man de Fattbänner losdriven, dat he de Deckel rutstöten kann. De Swienharr maakt gau de Fattbänner los, Eenoss stött de Deckel af un springt rut ut de Tunn as en Küük ut't Ei. De Swienharr sett sik gau rin, Eenoss leggt de Deckel up, drifft de Fattbänner wedder fast un fleutet mit de Flock Swiens afste'.

De Hardesvaagt, de Sandmann un de Buervaagt hebben dat Geld vun Eenoss umsett in Koem un Beer un maken sik nu up'e Weg, dat se em in'e See smieten woe'n. De Tunn steiht noch richtig dar, 'nem se 'n afstellt hebben. As se rankamen un kriegen de Tunn up'e Schullern, do bölkt de dar binnen, he will ja Hardesvaagt warrn, un he will ja Hardesvaagt warrn. Ja, seggt de Hardesvaagt wütig, se woe'n em al behardesvaagten, he schall vun de Welt. Man de dar binnen hollt nich up un ramentern un bölken, un do meenen de Sandmann un de Buervaagt, Eenoss hett de Düvel in't Liev un se fangen an un rönnen, dat se em um so gauer in'e See smieten koenen. Nu sünd se an't Kliff. De Hardesvaagt stemmt sik na achtern, de Buervaagt – he driggt achtern – kippt de Tunn oever, de Sandmann helpt na, un plumps! liggt de Tunn mit de Keerl in'e See. De schitt se nich wedder an, seggt de Buervaagt. He schall se mit keen Wunnerfleut mehr narren, meent de Sandmann. Un denn hett he uck noch Hardesvaagt warrn wullt, seggt de Hardesvaagt. Vör em sünd se nu seker, ropen se all dree un gahn tofreden t'rügg in't Dörp.

En paar Daag later ropen de Kinner in't Dörp, Eenoss kümmt! Eenoss is wedder dar! Langsam, de Stock up'e Schuller un mit de Wichelfleut an'e Mund, drifft Eenoss de Flock Swiens vör sik her to Dörps rin. De Hardesvaagt stickt de Kopp ut't Finster rut, de Sandmann leggt sik up'e halve Dör, un de Buervaagt stellt sik up sin Süll. Se woe'n se's Ogen nich truun, as se Eenoss wies warrn. Man de drifft langsam dör't Dörp na sin Huus to un kickt gar nich hooch. Foorts rönnen de Hardesvaagt, de Sandmann un de Buervaagt achter em ran. As se em inhaalt hebben, fraagt de Hardesvaagt, um he nich is in de See versapen, wodennig he nu wedder herkamen is, un wokeen sin Swiens dat sünd. Ja, seggt Eenoss, he is versapen un dootbleven, man de grote Leev to sin Fruu hett em in de See keen Ruh laten. Dar nedden is dat heel fein, seggt he, up gröne Wischen wimmelt dat dar vun prachtvulle Swiens, un elkeen, de in'e See versupen deit, dörf sik so vel utsöken, as he man will, un kann na Huus gahn, wannehr he will. Man dat is dar so fein, seggt he, keeneen will dar wedder weg un na Huus, wenn he dat dar nedden sehn hett. Dar gifft dat keen Hunger un keen Dörst, keen Striet un keen Mars. De Minschen gahn dar in Freden, un oeverall is Ruh un Leev. He is man kamen, seggt he, dat he sin Fruu halen will, dar nedden schall ehr dat beter gahn, as dar in't Dörp. Um dar denn woll uck Swiens sünd för se, fraagt de Hardesvaagt. För se un för all, seggt Eenoss fründlich, dar is vun allens so vel, dar is rein dat Enne vun weg. Wonem denn woll de gröttsten un fettsten sünd, fraagt de Sandmann. Dar, 'nem dat Kliff an höchsten un dat Water vun de

See an deepsten is, seggt Eenoss. Man wat se uck woll upnahmen warrn, fraagt de Buervaagt. All sünd willkamen up'e Drift an'e Grund vun'e See, seggt Eenoss, man de dree vör allen, denn he hett dar vun se snackt as sik dat hören deit. Na, denn man los, seggen de Hardesvaagt, de Sandmann un de Buervaagt, un se gahn all dree an'e Küst un springen dar, 'nem dat Kliff an höchsten is, in de See, 'nem de an deepsten is.

Eenoss nimmt sin Wichelfleut, geiht in de Hardesvaagt, de Sandmann un de Buervaagt sin Huus, blaast dar sachten en Stück an de Fruunslüüd se's Lieken, un all dree kamen se lebennig wedder tohööcht un sünd jünger un smucker, as se vördem we'n sünd. De Hardesvaagt, de Sandmann un de Buervaagt hebben dat woll verstahn un blasen, man nich richtig. Man Eenoss, de hett de Kunst vun Grund up verstahn.

De erlöste Slang

Dar is mal en Buer we'n, de is fröh morrns up't Feld na sin Arbeit gahn. De Sünn geiht up, un he kümmt rein in Sweet, un do treckt he sin Jack ut un leggt 'n bi sik dal an'e Grund. Klock ölben will he 'n wedder antrecken un na Huus gahn, man do verfehrt he sik rein, do liggt dar en Slang up. He schüddelt de Jack, man de Slang geiht dar nich vun dal, rein as weer 'n anhext. De Buer will jüst anfangen un schimpen, do seggt de Slang, he schall 'n toseggen, dat he 'n heiraden will, ehrer geiht 'n nich af vun'e Jack. Dat dücht de Buer nu doch en beten bedenklich, un do seggt he, dat Heiraden, dat is en wichtige Saak, de maakt een nich so kortfardig af. He will sik dat dör de Kopp gahn laten, seggt he, un denn will he de Slang Bescheed seggen.

He geiht to Dörps un hen na de Preester un fraagt de, wat he doon schall. De Preester denkt lang' na un lest in en grote Book, denn seggt he, he schall man hengahn un seggen de Slang to, he will 'n heiraden. To Nacht kümmt 'n denn hen na em, un wenn he Moot hett, denn so maakt he sin Glück. Slag twölf, seggt de Preester, denn so schall he de Slang mit beide Hänne faatkriegen un oever sin Kopp tohööcht holen, man he schall 'n jo nicht loslaten, eendoont wat passeert. Do geiht de Buer gau t'rügg up't Feld un seggt to de Slang, he will 'n heiraden. Do weet de Slang sik vör Freud gar nich to laten, de zappelt lustig rum, denn maakt 'n en feine Krink, un weg is 'n.

Knapp hett de Buer sik avends to Bett leggt, do kümmt de Slang in'e Kamer un leggt sik bi em dal. Bet Klock twölf liggt he ganz ruhig dar, man denn kriggt he de Slang düchtig faat un hollt 'n hooch oever sin Kopp. Foorts flüggt de Dör up, un söss grote, dicke Slangen kamen rin un krupen flink up dat Bett to. Do oeverlöppt dat de Buer hitt un koold, man he faat't sik en Hart un hollt dörch, uck as de Slangen sik an't Bett hoochringeln un em angahn mit se's Doppeltungen, as wulln se all se's Venien up em spie'n. Sodennig geiht dat bet Klock een, do sünd se mitmal weg. Un de Slang bedankt sik bi de Buer, dat he 'n so truu wahrt hett. He schall man noch twee Nachten jüst so utholen, seggt de Slang, denn so ward he glücklich un se noch mehr. Un denn verswinnt de Slang, nix mehr vun to sehn.

As de Buer de neegste Avend to Bett geiht, is de Slang wedder dar. Klock twölf kriggt he 'n wedder faat un böhrt 'n tohööcht. Do flüggt de Dör up, un twölf dicke swatte Slangen wöltern sik rin un an sin Bett tohööcht un ringeln sik um em, bieten na em un na sin Slang. He hett dütmal mehr Moot, man liekers ward he meist slecht topass, as he de kole Beester an sik föhlt. Man he ritt sik tosamen, so guut as he kann, un he hollt dörch bet Klock een, do sünd de Slangen as wegweiht. Un sin Slang bedankt sik bi em, dat he 'n so truu wahrt hett, un seggt, nu is dar blots noch een Nacht na, denn is 'n erlöst un he is glücklich för't heele Leven. Knapp hett de Slang dat seggt, do is 'n weg.

Avends liggt 'n wedder bi em un kickt em mit ehr kloke Ogen an, as wull 'n em um wat beden. Do kriggt he Moot un seggt bi sik, leever will he sik upfreten laten as oeverlaten sin Slang de dare gresige Beester. As de Klock denn twölf sleit, do kriggt he 'n faat un böhrt 'n tohööcht. Do springt de Dör up un in en Ogenblink is de heele Kamer vull vun de grimmigste Slangen, de spaddeln dar rum un spie'n Venien un ringeln sik dör'nanner, dat is nich un kieken an. De Buer knippt de Ogen to un deit so, as kunn he nix hören un nix sehn. Se slängeln sik um sin Lief, sin Arms, sin Hals, se spie'n se's Venien na em un bieten na sin Slang, man he lett sik nich bang maken. Sodennig geiht dat bet Klock een, do gifft dat en bannige Rumms in't Holt nich wied af, un all de Undeerten sünd weg. De Slang is uck rut ut sin Hand, man darför liggt dar blangen em in sin harte Bett en smucke Königsdochter, de kickt em fründlich an un dankt em, dat he ehr rett't hett. Nu kann he sik dat utsöken, seggt se, he kann ehr Mann warrn oder hunnert Wagens vull Gold kriegen. De Buer rifft sik de Ogen, he denkt, dat kann allens nich wahr we'n, dat mutt en Droom we'n. Toletzt seggt he, wenn se em to Mann hebben will, denn so will he dat leever as all dat Gold up'e heele Welt. Do gifft se em de Hand, un he nimmt ehr in'e Arms un gifft ehr en Söten.

As he de neegste Morrn de Finsterluken upmaakt, do steiht sin Kaat in en smucke Gaarn mit de feinste Blöme un Böme, un nich wied af, dar liggt en Königsslott un en grote Stadt. He weet gar nich, wonem he is un um he kann sin Ogen truen. Do seggt de Prinzessin, wat he dar seh'n deit, dat is allens sin, sin Slott un sin Gaarn un sin Königriek. Un denn geiht se mit em in dat Slott, un dar hebben se denn beid in wahnt un sünd tohopen glücklich we'n, so lang' as se levt hebben.

Hans un de Ries

Dar is mal en Buer we'n, de hett dree Soehns hatt. Man em hett dat man wat mau gahn. He is al oold un flau we'n, un de Soehns, de hebben sik en beten mit de Arbeit vertürnt hatt. To de Hoff hett en grote, feine Holt hört, un dar, hett de Vadder hebben wullt, dar schoe'n de Bengels Holt hau'n, dat se wat vun se's Schuld afbetahlen.

Toletzt kriggt de Ole se denn uck up Draff, un de öllste Soehn schall toeerst to Holts. As he dar nu ankamen is in't Holt un geiht bi un will en ole Böök dalhau'n, do steiht mitmal en gewaltige Ries vör em un seggt, wenn he in sin Holt hau'n deit, denn so will he em dootmaken. As de Bengel dat hört, do smitt he de Äx weg un rönnt na Huus all wat he kann. Heel un deel ut'e Puust kümmt he dar an un vertellt, wat em bemött is. Man de Vadder seggt, he is en Bangbüx. *Em* hebben de Riesen nie nich vun't Hau'n afholen, as he noch jung we'n is, seggt he.

De neegste Dag schall de tweete Soehn to Holts, man em geiht dat jüst so. He hett man knapp de Äx an'e Boom leggt, to kümmt de Ries bi em an un seggt, wenn he in sin Holt hau'n deit, denn so will he em dootmaken. De Bengel waagt dat knapp un kieken em an, he smitt de Äx weg un nimmt de Beens in'e Hand, jüst so as sin Broder. As he na Huus kümmt, do meent de Vadder wedder, as *he* noch jung we'n is, do hebben *em* de Riesen nie nich afholen kunnt.

De drütte Dag will Hans afste'. Ja, he, seggen de anner beiden, wat he woll utrichten kann, wo he nie nich achter de Aben rutkamen is. Dar seggt Hans nix to, he will blots en en arige Sack mit wat to eten hebben. Sin Mudder hett keen Fleesch, un do hängt se de Ketel oever't Füer un kaakt em wat Grööntüüg. Dat deit he in sin Rucksack un geiht afste'. As he in't Holt en Tiedlang haut hett, kümmt wedder de Ries an un seggt to em, wenn he in sin Holt hau'n deit, denn so will he em dootmaken. Man de Bengel, nich fuul, kriggt foorts en Kees ut sin Rucksack un drückt 'n, dat de Saft dar man so rutlöppt. Un to de Ries seggt he, wenn he nich foorts sin grote Muul holen deit, denn so will he em drücken, as he dat Water ut de dare Steen drücken deit. O nee, seggt de Ries, he schall em doch man nix doon, he will em uck hau'n helpen. Ja, wenn't so is, denn will Hans em uck nix doon. Un de Ries haut so wacker to, se hau'n de dare Dag allerhand Fadens Holt um. Hen to Avend seggt de Ries to Hans, he schall man mit em na Huus kamen, dat is doch dichter bi as sin eegne Huus. Ja, dat is de Bengel recht. As se do in de Ries sin Huus ankamen, do will de up'e Heerd Füer anmaken, un Hans schall Water halen to de Grüttketel. Nu stahn dar twee grote ieserne Ammern, de sünd so groot un so swaar, de Bengel kann se nichmal vun'e Stä' kriegen. Man he seggt, dat bringt doch nix un swulern mit de dare lütte Bütten. He will man leever hengahn un halen de heele Sood. Nee, seggt de Ries, sin Sood kann he nich missen. Hans schall man leever Füer anmaken, un denn will he sülven hengahn un halen Water.

As de Ries t'rüggkümmt mit dat Water, do kaken se en düchtige Ketel vull Grütt. Wenn't na em geiht, seggt Hans, denn so woe'n se man um'e Wett eten. Ja, dar is de Ries mit inverstahn, he meent ja, darbi kann he dat sachs mit de Bengel upnehmen. Man as se sik an'e Disch setten, do kriggt Hans sin Rucksack faat un binnt 'n sik vör de Buuk, un de Ries ward dat nich wies. Un nu smitt Hans mehr in sin Rucksack rin, as he upeten deit. As de Sack vull is, do kriggt he sin Taschenmess rut un maakt sik en Slitz in'e Buuk – man dat is ja man de Rucksack, 'nem he rinsnieden deit. De Ries kickt em an, man seggen deit he nix. As se en ganze Tied eten hebben, do leggt de Ries sin Lepel dal. Nee, seggt he, nu kann he nich mehr. He mutt doch eten, seggt Hans, he sülven is noch nich mal halv satt. He schall dat man jüst so maken as he, Hans, un sik en Lock in'e Buuk snieden, denn so kann he sovel eten, as he will. Man dat deit doch wiss bannig weh, seggt de Ries. Och, seggt Hans, dat is nich un snacken vun. Do kriggt de Ries sin Mess her un snitt sik en grote Lock in'e Buuk, un as he dat daan hett, fallt he doot an'e Grund. Un Hans nimmt all dat Gold un Sülver, wat he dar in'e Ries sin Huus finnen deit, un geiht dar na Huus mit. Un nu kann he sachs wat vun sin Schuld afbetahlen.

De plietsche Knecht.

Dar is mal en Buer we'n, de hett dörtein Soehns hatt, un de jüngste, en bannig plietsche Bengel, de hett Dörtein heeten.

Mal seggt he to sin Vadder, em is dat Leven to Huus to langwielig, he will en beten in de Welt gahn un sik umsehn, wodennig dat annerwegens togeiht. Un do geiht he in Deenst bi en Eddelmann, de hett en afgünstige un bannig tücksche Deenstdeern. Dat duert nich lang', un de Eddelmann hett sin nüe Knecht bannig geern, un dat argert de Deern gewaltig. Nu huust dar neeg bi't Slott en grote Ries, un do fallt ehr in, de kunn se ehr Wedderpart up'e Hals jagen. Un so süht se to un stiften Unfreden twischen Dörtein un de Herr. Mal seggt se to de Eddelmann, Dörtein kann allens doon, wat em updragen ward, sogar de Ries de Bettdek vun't Liev klauen, wenn de in't Bett liggen deit. Do lett de Eddelmann de Knecht kamen un fraagt em, um he is kumpabel un klauen de Ries sin Dek vun't Liev. Nee, seggt Dörtein. Ja, seggt de Herr, dat helpt em nich, he weet, he kann dat, un bringt he em nich de Dek binnen dree Daag, denn so lett he em uphängen. Do sliekert Dörtein sik in de Ries sin Huus rin un treckt em sachten de Dek vun't Liev, ahn dat de Ries waak ward, un bringt 'n na Huus.

Nu hett de Ries en bannig smucke gröne Vagel, mit de snackt he elkeen Morrn. As de Ries nu waak ward, do fraagt he de Vagel, wodennig dat Wedder is, un de Vagel seggt:

> „Dat Wedder, dat kann sachs bestahn,
> man Dörtein hett min'n Herrn wat daan."

Do markt de Ries eerst, sin Bettdek is weg, un he argert sik. Man de Deern, de geiht hen na de Eddelmann un seggt, Dörtein is uck kumpabel un klauen de Ries sin feine Perd. Do lett de Herr de Knecht kamen un fraagt em, um he dat kumpabel is. Dörtein seggt nee, man de Herr seggt, he schall man mal en beten nadenken, binnen dree Daag mutt dat Perd in sin Stall stahn, anners hängt he an'e Galgen. Do sliekert Dörtein sik in'e Ries sin Stall, wickelt Stroh um de Fööt vun dat Perd un bringt dat sachten in de Eddelmann sin Stall.

As de Ries de neegste Morrn wedder de Vagel na dat Wedder fraagt, do singt de wedder:

„Dat Wedder, dat kann sachs bestahn,
man Dörteihn, de hett di wat daan."

Wat de Hallunk denn nu wedder anstellt hett, fraagt de Ries. He hett em dat Perd klaut, seggt de Vagel. Do ward de Ries dull un brummt, wenn he de Keerl mal bemöten deit, denn so dreiht he em foorts de Hals um.

Man de Deenstdeern, de ward ja noch duller vergrellt, dat ehr Anslääg ehr nich glückt sünd, un do vertellt se de Herr, Dörtein is uck kumpabel un klau'n de Ries dat Leevste, sin Vagel. Un wedder lett de Herr em kamen un gifft em Order, he schall de Vagel bringen, un will he dat nich, denn so schall he an'e Galgen. Do kriggt Dörtein sik en smucke Vagelbuur, dat is heel un deel mit Blöme umwunnen, un dar geiht he mit na de Vagel. Un he röppt de smucke gröne Vagel, dat 'n sik dat smucke Buur ankieken schall. Man de Vagel will nich kamen, sin Buur is vel smucker, seggt 'n. Na, seggt Dörtein, probeern kann 'n dat Buur doch mal, un wenn't em nich gefallen deit, denn so geiht 'n wedder in sin eegne rin. Do geiht de Vagel in dat nüe Buur rin, man Dörtein maakt gau de Dör to un driggt sin Büüt na Huus.

Nu kümmt de Deenstdeern in grote Verlegenheit, se weet meist gar nich mehr, wat se noch upstellen schall. Man do fallt ehr noch wat in, un gau vertellt se de Eddelmann, Dörtein hett darvun pucht, he kann de Ries sülven klau'n. De dare Idee gefallt de Eddelmann, un de Knecht kriggt foorts Bescheed, he schall de Ries in sin Huus bringen, anners mutt he hängen.

Do geiht Dörtein mit en Äx in de Ries sin Holt, un dar kümmt he bi un maakt en grote Kist. Man de Ries geiht uck in't Holt, he will mal nakieken, wokeen dar arbeiten deit. Un as he de Bengel wies ward, do fraagt he, wat he dar in sin Holt maken deit un wokeen em dar Verlööv to geven hett. Do seggt he, he maakt en Sarg för de stackels Dörtein, de is dootbleven. O, seggt de Ries, wenn de Kist för de dare Hallunk is, denn schall he man wieder arbeiten, denn will he sülven em sogar noch helpen.

Dar deit he em en grote Deenst mit, bedankt Dörtein sik, denn schall he doch so guut we'n un sik en beten dar rin leggen, dat he sehn kann, um de Kist is lang un breet nugg. Do leggt de Ries sik in de Kist, un Dörtein fraagt em um Verlööv, dat he noch de Deckel utprobeern dörf. As he de Deckel upleggt hett, do nagelt he 'n gau fast to un slept de Kist na Huus.

De Eddelmann freut sik dar bannig to, un do seggt Dörtein to em, em dücht, sin Herr hett em nu faken un swaar nugg up'e Proov stellt, nu schall he dat doch man mal mit de Deern versöken. De hett dar mit angeven, seggt he, se kann baven up'e Strohhiss sitten, un wenn de Hiss denn anfengt ward, denn so maakt ehr dat nix. Do lett de Herr de Deern kamen un gifft ehr Order, se schall dat dare Kunststück bestahn. Un se mag jammern un bedeln un seggen, wat se will, se ward dar baven up'e Hiss anbunnen, un de Herr sülven leggt dar Füer an'e Hiss.

Dumm Hans

Dar is mal en Buer we'n, de hett dree Soehns hatt, un de jüngste un doesigste hett Hans heeten. Nu is de Buer al bi Jahren, un he will sik geern up't Olendeel setten. Man sin dree Soehns koenen sik nich um dat Huus verdrägen, un do schickt he se in'e Welt un seggt, bi een Jahr schoe'n se wedderkamen, un de denn de fienste Bahn Linnen anbringt, de schall dat Huus hebben.

Do gahn de dree Soehns denn ja afste'. Hans geiht in't Holt rin un kümmt dar an en verwünschte Slott. In dat Slott bemött he en Muus, de fraagt em, wonem he denn herkümmt. Ja, seggt Hans, so un so, un he vertellt, sin Vadder hett em un sin Bröder wegschickt, se hebben sik nich verdrägen kunnt um dat Huus, un de vun se, de na en Jahrstied de fienste Bahn Linnen anbringt, de schall dat denn hebben. Do seggt de Muus, wenn he een Jahr dar blieven will, denn so schall he dat Linnen hebben, man he mutt ehr elkeen Morrn waschen un kämmen. Ja, dat will he noch doon, seggt Hans, un do blifft he dar.

Nu wascht he un kämmt de Muus alle Morrn un hett dat in oevrigen recht guut. As dat Jahr nu um is, do seggt de Muus to em, he schall sik man up'e Weg maken, sin Bröder sünd wiss al dar. He schall man rupgahn in'e Kamer, seggt se, dar liggt en Bahn Linnen, de schall he man mitnehmen. Hans deit dat, wickelt de Bahn Linnen tosamen un stickt 'n in'e Westentasch. Denn geiht he afste'. As he denn in dat Dörp kümmt, 'nem sin Vadder wahnen deit, do geiht he hen na en Wagenschuer, un dar finnt he en ole, ruge Bettlaken, dat wickelt he tosamen, hängt dat

139

up sin Stock un geiht darmit na sin Vadder sin Huus.

Sin Bröder sünd al dar, un as se em vun wieden kamen sehn, denken se, Hans, de kriggt dat Huus wiss nich. Do fraagt de Vadder Hans, um dat is sin Bahn Linnen. Ja, seggt Hans heel ruhig. Man as do sin Bröder sik gewaltig hoegen, do kriggt he sin Linnen ut'e Tasch. Do seggt de Vadder, dat Huus hört Hans to.

As Hans dar nu intrecken will in dat Huus, do woe'n sin Bröder dar nich rut, un de Vadder kann de Striet nich slichten. Do seggt he, se schoe'n nochmal een Jahr weggahn, un de denn de fienste Ked anbringt, de jüst um't Huus langen deit, de schall dat Huus hebben. Do trecken de dree afste'. Man Hans geiht wedder to Holts un liek hen na dat verwünschte Slott. As he in dat Slott rinkümmt un de Muus ward em wies, do wunnert se sik un fraagt, wat dat bedüden schall, dat he wedderkamen deit. Ja, seggt Hans, sin Bröder, de hebben dat nich togeven wullt, dat he dat Huus kriggt, un nu moeten se nochmal weg up een Jahr, un de denn de fienste Ked anbringt, de schall dat Huus denn hebben. Ja, seggt de Muus, he kann wedder een Jahr darblieven, denn so schall he de fienste Ked hebben, man he mutt ehr wedder elkeen Morrn waschen un kämmen. Ja, seggt Hans, dat will he noch doon, un he blifft wedder een Jahr in dat verwünschte Slott.

As dat Jahr nu rum is, do seggt de Muus to em, he mutt nu sachs afste'. He schall man rupgahn in'e Kamer, seggt se, dar liggt en Ked, de schall he man upwickeln un insteken. Hans nimmt de Ked un stickt 'n in'e Westentasch. Up'e Weg na sin Vadder finnt he merrn in't Holt en dicke Kohked, de sammelt he up un geiht darmit na sin Vadder sin Huus. As he dar ankümmt, do sünd sin Bröder al dar mit se's Keden. Nu wiesen se se's Keden vör, man keen darvun will so recht passen, de eene is to kort, de anner is to lang, un de dicke Ked, de Hans in't Holt funnen hett, de is uck vel to kort. Do kriggt he sin fiene Ked ut'e Westentasch, leggt 'n um't Huus, un do passt 'n ganz genau. Un sodennig hett Hans dat Huus ja wedder wunnen.

Man uck nu woe'n sin Bröder nich rut ut't Huus, un do mutt de Vadder sin dree Soehns nochmal losschicken. Dütmal seggt he, de de riekste Bruut mit na Huus bringt, de schall dat Huus hebben. Do gahn se all dree afste', un Hans wedder rin in't Holt un hen na dat Slott. As de Muus em wies ward, do seggt se, he kann geern wedder en Jahr darblieven, man he mutt ehr uck wedder waschen un kämmen. Ja, dat will he geern wedder doon, seggt Hans.

As denn an dat Jahr blots noch dree Wuchen fehlen, do seggt de Muus to Hans, he schall rutgahn in'e Gaarn un schall dar en Rood afsnieden, de een Jahr oolt is, un dar schall he ehr so lang' mit hau'n, bet se heel un deel blöddig is. Do geiht Hans rut in'e Gaarn, un dar finnt he en Stickelsberbusch. Dar snitt he en Rood rut, de is een Jahr lang wussen, un dar geiht he twischen Klock ölben un Klock twölf mit na de Muus un haut ehr so lang', bet se heel un deel blöddig is. Knapp is dat so wiet, do fangen rund um't Huus all de Perde an un wrinschen un de Hahns un Kalekuten krakeelen. Do ward uck in dat Slott allens lebennig, Deeners lopen hen un her un hebben dat hild, un ut'e Muus is en Königsdochter wurrn. De seggt to Hans, he hett ehr un dat heele Slott erlöst, un nu is se sin Bruut. Se woe'n sik man up'e Weg maken na sin Vadder, seggt se. Dar is Hans foorts praat to.

As se dar henkamen, do kennt de Vadder Hans nich wedder, so'n feine Tüüg as he anhett. Un Hans gifft sik toeerst uck nich to erkennen, se fragen blots, um he se dar woll för en dree Wuchen kann Harbarg geven. Ja, seggt de Vadder, dat kann sachs angahn. Wieldes kamen uck de beide anner Soehns an, man se kennen Hans uck nich. As nu de dree Wuchen rum sünd un de Vadder kickt ümmer ut't Finster, um Hans noch nich kamen deit, do steiht toletzt de Königsdochter up un fraagt em, um he sin Soehn Hans noch kennen deit. Ja, seggt de Ole, wiss kennt he em noch. Um dat denn woll de we'n kunn, fraagt se, de dar blangen ehr sitten deit. Nee, seggt he, dat is he wiss nich. Do steiht Hans up un seggt, ja, he is sin Soehn. Do hett Hans dat Huus to'n drütten Mal wunnen, man nu will he dat gar nich mehr hebben, he schenkt dat sin Bröder. Sin Vadder, de nimmt he mit na dat Slott, un dar leven se vergnöögt bet an se's Enne. Man de Bröder, de will he dar nich hebben.

Dat Wulfskind

Dar is mal en Buer we'n, de hett man een Kind hatt, Jehann hett dat heeten. Een Dag, de Jung is jüst söss Jahr oold wurrn, do fahrt de Vadder in'e Busch, he will Holt halen, un sin Soehn nimmt he uck mit. Wieldes he de Böme dalhau'n un upladen deit, söcht Jehann Blöme un Ber'n, un bi dat kümmt he ümmer deeper in't Holt rin. Sin Vadder ward dat wies un röppt em t'rügg, man de Jung hört nich un löppt ümmer wieder. Do will de Buer em achterna, man he will jüst los, do kümmt dar en Swarm Bremsen un geiht up'e Perde dal, un do schuen de un hau'n um sik.

Wat nu? Löppt de Buer achter sin Soehn, denn so gahn de Perde in'e Grütt; blifft he dar, denn so verlöppt sin Jung sik in't düüstere Holt. Nu sünd de Perde allens, wat he hett, un he denkt uck, Jehann is sachs so plietsch un geiht nich all to wied vun'e Weg af, un do will he eerst de Deerten in Sekerheit bringen. Un so fahrt he gau na Huus, un denn geiht he mit dat heele Dörp bi un söken na sin Jung. Man wat se uck utkieken, vun de Jung is nich en Spor to finnen. Laat an'e Avend kamen se wedder t'rügg in't Dörp. Dat Kind sünd se los, dat is sachs doot, un sin Öllern weenen vel solte Tranen.

Wieldes is lütt Jehann in't Holt rumsprungen, un as he möö' wurrn is, do leggt he sik dal ünner en Boom un slöppt dar in. Do ward em en ole Wulfstiff wies, un se mag em lieden, un so fritt se em nich up, se kriggt em mit ehr scharpe Tähns faat bi de Jack, un denn mit grote Sprüng na ehr Höhl hen. Dar leggt se de Jung fein dal up en Lager vun Moss un dröge Bläder, un för sin Hunger kriggt he wat rohe Schaap-

143

fleesch. As dat Nacht ward un de Jung ward möö', do leggt de Wulfstiff sik bi em dal un hollt em warm mit ehr dicke Pelz.

De neegste Morrn steiht de Wulfstiff al tiedig up, dat se up Büüt utgeiht un wat to eten ranschafft för sik un de Jung. Man Jehann schall ja nich weglopen, un so kleit se de Ingang vun ehr Höhl dicht, blots en lüerlütte Lock lett se apen, dat dar frische Luft rin kann un de Jung nich sticken deit. Hen to Avend kümmt se wedder, gifft em wat rohe Fleesch to eten un slöppt de Nacht wedder blangen em.

Sodennig geiht dat de eene Dag as de anner, un Jehann weet nich, is dat buten Winter oder Sommer. Twölf Jahr hollt he dat up de Aart ut tohopen mit de Wulfstiff, denn langt em dat dar in'e düüstere Höhl. Mal, as de Tiff wedder up Büüt ut is, do pedd't he mal düchtig gegen de Sand, de se vör de Ingang kleit hett, un sparkt dat weg un löppt gau rin in't Holt. Vun Weg un Stegg, vun de heele Gegend kennt he nix mehr, blots dat he Jehann heet un sin Vadder bi't Holthau'n verlaren hett, dar kann he sik noch up besinnen. Do weet he sik keen anner Raat as gahn ümmer liekut, un do kümmt he toletzt an en Smä, de liggt sietaf vun't Dörp ganz alleen in't Holt.

De Smidt kümmt rut un gluupt Jehann mit grote Ogen an. In de twölf Jahr is sin Huut heel swatt wurrn vun Schiet, un dat Tüüg, wat he mal anhatt hett, is heel un deel mit sin Fleesch verwussen. Sin Haar hett ja in twölf Jahr keen Kamm sehn un hängt tußelig dal bet oever sin Lievreem, un de Nägeln an sin Hänne un Fööt sünd rein as Vagel-krallen. De Smidt fraagt em, wokeen he is un wonem he herkamen deit.

He heet Jehann, seggt he, un he kümmt ut'e Wulfs-
höhl, dar is he de Wulfstiff utneiht. De Smidt will
mehr weeten, man Jehann kann em blots noch seg-
gen, dat he vör vele Jahren mit sin Vadder in'e
Busch fahrt is för un halen Holt, un dar hett he sik
bi verlapen.

Na, seggt de Smidt, denn so hebben sin Vadder un
Mudder dar in't Dörp wahnt, denn dar is en Buer vör
en Jahrener twölf sin Kind in't Holt fleuten gahn.
Man wat he denn nu anfangen will, fraagt he. Sin
Vadder un Mudder sünd lang' doot, un up'e Hoff sit-
ten nu anner Lüüd. Do seggt seggt Jehann, he schall
em doch bi sik beholen un em sin Handwark lehren,
denn will he em deenen ahn Lohn, blots för Kost un
Tüüg.

Dat dücht de Smidt en gude Vergliek, denn de Ben-
gel is, as't schient, stark un kräftig. Un dat *is* Je-
hann uck. Dat rohe Schaapfleesch, wat he elkeen
Dag hett to eten kregen, dar is he bannig stark vun
wurrn. Un wat darbi rutsuert, dat is, he haut all dat
Iesen, wat he up'e Ambolt kriggt, in lütte Stücken un
rungeneert dat. En Tiedlang kickt de Smidt sik dat
mit an un seggt nix. Man denn ward em dat doch to
dull, he seggt, sin Gesell is en Doeskopp, un he gifft
em düchtig een achter de Ohren. Dat paßt Jehann
nu gar nich, un in'e dulle Kopp kriggt he de gröttste
Hamer faat un haut dar up'e Ambolt mit, un do
sackt de foorts halv in'e Grund.

Dat ward de Fruu Meistern wies, un do liggt se ehr
Mann in'e Ohren, he schall de dare gresige Gesell
doch lopen laten, anners bringt he se noch um Huus
un Hoff. Wat sin Fruu seggt, dar hört de Smidt geern
na, denn de Lüüd in't Dörp, de snacken uck al oever

em. Se seggen, he is en Lüüdschinner, hett so'n starke Keerl bi sik, lett em arbeiten för veer, man Lohn gifft he em nich, blots Kost un Tüüg. Un so seggt de Smidt een Morrn to Jehann, he kann em nich mehr bruken, he schall man wiedertrecken. Dat is Jehann recht, he will sik blots eerst noch en Wannerstock smeden. Un do kriggt he en Iesenklotz her vun en föftig Pund, haut 'n up'e Ambolt to en Stang un nimmt 'n as en Spazeerstock in'e Hand. Denn seggt he de Meister un sin Fruu un uck dat heele Smähandwark adjüs.

Nu treckt he vergnöögt afste'. As he hungerig ward, do geiht he in't eerste beste Buernhuus rin un fraagt um wat to eten. Nu is dat jüst Fröhjahr, un to de Tied bruken se up't Land ja ümmer starke Arbeitslüüd. Un do fraagt de Buer Jehann, um he nich will in sin Deenst gahn. Ja, dat will Jehann geern. Wat he denn as Lohn föddert, fraagt de Buer. Nix as Kost un Tüüg, seggt Jehann. Dat is de Buer bannig mit, man Jehann seggt, dar is noch en Bedingen bi: Wenn dat Deenstjahr rum is, denn so will he de Buer mit de platte Hand een vör't Gatt geven. Dat is ja en gediegene Keerl, denkt de Buer, man wat kann en Slag mit de platte Hand al för'n Schaden doon, un do geiht de dar up in, un Jehann ward Knecht bi em.

Wat en Leven nu up'e Hoff! Dat flutscht allens nochmal so guut, denn Jehann wuracht för veer. Up de Aart vergeiht een Maand na de anner, man jo neeger dat Enne vun't Jahr rankümmt, jo duller is de Buer benaut. He kann sik ja denken, wat dat för'n Mallöör gifft, wenn de starke Jehann em, so as dat afmaakt is, de Slag achtervör neiht. Un so spickeleert he, wodennig he kann Jehann um'e Eck bringen.

Nich wied af vun't Dörp liggt en Moehl, dar is noch keeneen lebennig wedder vun t'rüggkamen. Dar mahlt de Düvel sülven, un he dreiht elkeen de Hals um, de dar Koorn na em henfahren deit. Na de dare Moehl schickt de Buer sin Knecht un seggt to em, se woe'n morrn backen, un sin Fruu hett al de Kartüffeln reven, de dar mit rin schoe'n. Nu schall Jehann gau na de Düvelsmoehl fahren, dat Koorn mahlen laten un foorts mit dat Mehl t'rüggkamen.

Jehann löppt gau up'e Hoff un smitt dat Koorn up'e Waag, denn spannt he de Perde an un fahrt los. Vör de Moehl hollt he an un röppt na de Möller, man keeneen antert, keeneen helpt em bi't Afladen. Do jumpt he dal vun'e Buck un geiht rin in'e Moehl. Man dar is uck keeneen. Do ward Jehann dat krupen. Dat is ja en dulle Weertschop, bölkt he, dat schall en Möller we'n? Kümmt dar een un will mahlen laten, schimpt he, denn so is dar nümms to Huus. He is noch an't Schafutern, do kümmt mang de Balkens en lütte, dicke Keerl rut mit en lange, swatte Baart. Wat Jehann dar will, röppt he. Sin Koorn will he mahlt hebben, seggt Jehann. Man sinnig, seggt de Lütte, wenn he dar so bölken deit, denn so kriggt he gar nix. Wat denn de dare ole Moehl för dar is, bölkt Jehann, keen Minsch mahlt dar up, un he schall liekers töven? Do seggt de Düvel – denn de is de dare lütte Keerl – he schall dat Muul hollen, seggt he, anners will he em hau'n, dat em Hören un Sehn vergeiht.

As Jehann hört, dat schall an't Hau'n gahn, do freut he sik, un he will foorts up de lütte Keerl dal. Do sackt de Düvel dat Hart in'e Büx, un he seggt heel fründlich, Jehann schall de Moehlsteen nehmen, de dar an de Wand liggen deit, un de ut't Finster dal up'e Hoff smieten. Wenn he dat klaarkriggt mit so'n Swung, dat de Steen in'e Eerde sacken deit, denn so will he ingestahn, dat Jehann mehr Knoev hett as he. Jehann meent, eegens weer dat beter, he smeet em sülven ut't Finster rut, man he kriggt doch de sware Moehlsteen faat un smitt 'n rut. Un dar sitt so'n Swung achter, de Steen sackt deep in'e Grund, so deep, de Eerde sleit foorts wedder oever 'n tosamen, un keen Minsch kann mehr weeten, wonem 'n liggen deit.

As de Düvel dat süht, do ward he gresig bang' för de starke Jehann, un wupp! is he ut de Moehl verswunnen. So, seggt Jehann, nu is he heel alleen, man sin Koorn mutt mahlt warrn, anners schellt de Buer. Un do geiht he bi un mahlt dat Koorn sülven. Denn laad't he dat Mehl up'e Waag un fahrt t'rügg na de Hoff.

De Buer is jüst in'e Appelhoff togangen, do süht he sin Knecht mit de vullpackte Waag up'e Hoffstä' inbögen. Do verfehrt he sik bannig – he hett ja meent, de Düvel harr em al lang toreten – un meist weer he in Amidaam fullen. Man upletzt verhaalt he sik doch wedder un geiht Jehann heel fründlich in'e Mööt, as wenn nix weer. Denn laden se dat Mehl af, de Fruu sett de Brootdeeg an, un to Avendköst gifft dat Bottermelk un Klümp vun dat frische Mehl. Allens is so, as weer nix los.

Man dat is allens man Ogenverblennen. Noch an'e sülve Avend löppt de Buer na sin Navers un besnackt sik mit de, wodennig he an besten kann de starke Jehann loswarrn. Se snacken hen un her, un toletzt fallt se wat in. De Buer röppt sin Lüüd tohopen un seggt, he hett dar al lang de Näs vull vun, dat he mutt dat Water vun'e Naver halen. Nu will he up sin Hoff en Soot graven, foorts de anner Morrn schall dat losgahn. Un sodennig kümmt dat uck. Se graven en deepe, smalle Lock in'e Eerde, bet dat klare Water ut'e Grund kümmt. Denn fraagt de Buer elkeen de Reeg na, wokeen dar will de sware Arbeit doon un muern de Grund ut. Keeneen will dar ran, se sünd bang', de Eerde ruust dar dal. Toletzt seggt Jehann, he süht al, he mutt dat doon. Un do klarrt he de Lerring[1] dal, he kehrt sik gar nich an de Gefahr un geiht bi un setten de Steens tosamen to en Muer.

Dar hett de Buer blots up luert. Gau seggt he to sin Lüüd un de anner Buern, de em hulpen hebben bi de Arbeit, se schoe'n de Soot tosmieten, un as Hagel fleegen Steen, Eerde un Sand dal in'e Soot. Jehann bölkt vun ünnen, se schoe'n em nich de Stoff in'e Ogen smieten, man keeneen hört up em. In Gegendeel, de dare leege Minschen laten nich na, bet se hebben dat heele Lock tosmeten. Denn gahn se mit Juchhei in't Huus, dar hett de Buersfruu en grote Eten t'rechtmaakt, un nu eten se un drinken, as weern se to Hochtied.

Dat duert nich lang', do geiht de Dör up un Jehann kümmt rin, vun baven bet ünnen vull Sand un Eerde. Se sünd de rechten Bröder, schimpt he, laten em dar nedden meist sticken un leven dar baven in Suus un Bruus. Na, he will se dat woll wiesen, seggt he, kriggt sik en Holtklaben her un haut up'e Sellschop los. Do rönnen Navers, Knechten un Deerns mit Schrien ut'e Stuuv rut un verkrupen sik in'e Stallen un up'e Hoff. De Fruu will em ja begööschen

---

[1] Lerring = Leiter

un sett em dat beste Eten vör, man he is so dull, he roegt nix an.

Do süht de Buer in, keen Klook kann em helpen, he kümmt um de dare Bedingen nich rum, un he denkt al mit Grugen an de Stunn, wenn de starke Jehann em mit de platte Hand vör de Mors haut.

Denn is de Dag dar. Buten up't Feld schall inseit warrn, un do sünd se al bi't eerste Morgenlicht up'e Beens. De Buer seit un Jehann treckt de Egg. To Fröhstückstied geiht de Buer an Jehann ran un seggt, vundaag is sin Tied rum. Kost un Tüüg hett he vun em ja rieklich kregen, nu is blots noch dat letzte na. Denn woe'n se dat man gau achter sik bringen, seggt Jehann, un denn sünd se quitt.

De Buer bückt sik dal, Jehann haalt ut, dat gifft en helle Knall, un de Buer stiggt piel up in'e Luft as en Lewark. Na en ganze Tied kümmt he wedder dal up'e Eerde, un denn liggt he dar as doot. He rippt un roegt sik nich, eerst na en ganze Tied kümmt he bi lütten wedder to sik. Man Arms un Beens sünd em as lahm. Jehann mutt em up'e Waag setten un kritten em t'rügg na de Hoff.

Dar hett de Fruu al meent, ehr Mann weer doot. As se nu süht, he is noch lebennig, do dankt se de Herrgott, helpt ehr Mann dal vun'e Waag un vermünnert em mit Eten un Drinken. Jehann kriggt uck düchtig wat to eten mit up'e Weg. Denn nimmt he sin grote Iesenstock faat un wannert lustig de Landstraat lang.

Ünnerwegens bemött he en Mann. Jehann fraagt em, wat he is un wat he vörhett. He is en Steenklöver, seggt de anner, he hett keen Arbeit un treckt up guut Glück in't Land rum. Do seggt Jehann, denn schall he man mit em kamen, wokeen mag weeten, um se sin Handwark nich noch mal bruken koenen.

Do trecken de beiden tohopen wieder. Ünnerwegens kümmt se een in'e Mööt, de hett en Flint oever de Schuller hängen. He is woll en Jäger, meent Jehann. Dat is he, seggt de anner, un he söcht en Herr, bi de he in Deenst gahn kann. Na, seggt Jehann, denn so schall he man mit se kamen, mag we'n un sin Kunst is se later noch mal wat weert. De Jäger is dat recht, un nu reisen se denn to drütt. Man de anner beiden koenen Jehann nich recht up't Fell kieken, denn he is en stuurköppsche Groffsack, un doon se nich foorts, wat he se seggen deit, denn so wamst he se uck noch arig dörch. Mal kamen se in en grote Holt, dat will un will keen Enne nehmen. As dat düüster ward, do klarrt Jehann up en hoge Boom, he will mal kieken, um dar nich eenerwegens is en Licht to sehn. Un würklich, nich wied af süht he en helle Flamm dör de Nacht lüchten.

Do klarrt he wedder dal, un se scheesen afste' in'e Richt vun dat Licht. Nich lang', do kamen se an en dröge Wisch merrn in't Holt, de liggt nedden an en Barg, un merrn up steiht en lütte, nüdliche Huus, dar schient dat Licht rut. Se kloppen an de Dör, se woe'n rin, man keeneen antert. Do maakt Jehan de Dör sülven up, un süh mal kiek, do is dat dar binnen allens so, as weer dat för se maakt. In de Koek hängt allens, wat to'n Kaken un Braden nödig is. In'e Stuuv steiht en deckte Disch mit dree Stöhle, un in'e Kamer sünd dree sneewitte Betten upmaakt. Dar woe'n se man blieven, seggt Jehann, un dar seggen de annern geern ja to, denn se hebben al de Näs vull vun dat lange Wannern. Denn neihn se sik eerstmal arig wat to eten un to drinken to Bost un leggen sik dal to slapen.

De neegste Morrn maken se af, wodennig se de Plichten ünner sik verdeelen woe'n. Toletzt warrn se sik eenig, Jehann un de Jäger schoe'n in't Holt wat Wild schöten, un de Steenklöver – he is de fleedigste vun se – de schall to Huus blieven un för Middag sorgen. Wenn dat Eten ferdig is, denn so schall he up en Hoorn, dat hängt dar in'e Kaat, dar schall he up tuten, dat sin Mackers in't Holt Bescheed weeten.

Sodennig leven se en paar Daag vergnöögt för sik. Man mal, as de Steenklöver al hett de Kartüffeln afgaten un töövt blots noch, dat dat Fleesch gar ward, do kloppt dat an'e Dör, un en Ünnereerdsche kümmt rin, en lütte, grimmige Keerl mit en grote swatte Baart, de hängt dal bet an'e Grund. Um he sik dar woll en beten verpuusten un satt eten kann, fraagt de Lütte. Ja, wiss, seggt de Steenklöver, he schall sik man so lang' up'e Abenbank setten un töven, bet allens ferdig is un sin Mackers wedder dar sünd.

Do huukt de Ünnereerdsche sik dal an'e Aben. De Steenklöver blifft wieldes an't Füer stahn, bet dat Fleesch ferdig is, denn nimmt he de Pann un driggt 'n an'e Disch. Man he hett 'n noch nich dalsett, do spiggt de lütte Keerl vun'e Abenbank dar in en hoge Bagen rin un verrungeneert dat ganze Eten. Do schimpt de Steenklöver em en Schelm un Spitzboov. Man dar ward de Ünnereerdsche so dull oever, he springt de Mann up'e Nack un haut em so dull, he fallt um as doot. As he na en Tied wedder to sik kümmt, do is de lütte Keerl weg. De Steenklöver föhlt sik nu so süük un flau, he kann gar nich mehr in't Hoorn tuten. Do leggt he sik to Bett un luert, bet de Hunger sin Mackers na Huus drifft.

Jehann un de Jäger wunnern sik bannig, dat de Steenklöver nich tuten deit, wo de Sünn al meist dalgeiht. Se sünd bang, em kunn wat mallört we'n, un do gahn se gau t'rügg na de lütte Kaat. Dar stahn de Kartüffeln fix un ferdig up'e Disch, un dat Fleesch liggt mit de Pann up'e Del, man de Kock, de liggt in'e Kamer in't Bett un günst un jault. Jehann ward foorts wedder dull. Warum he nich tuut't hett, fraagt he. He kann dar nix för, seggt de Steenklöver. He hett de Kartüffeln al up'e Disch sett hatt un hett datsülve mit dat Fleesch doon wullt, man do hett he mitmal so'n bannige Schüddelfrost kregen, em is de Pann ut'e Hand fullen, un he hett dat mit Möögde noch to Bett schafft, dat he doch wedder kunn warm warrn. Man een Deel will he em seggen, seggt he, vun morrn an schall anners een dat Huus wahren. Em ward dat dar bi lütten to traag un unheemlich.

Jehann argert sik oever dat rungeneerte Eten, un darum is em dat ganz recht, dat de Jäger de neegste Dag to Huus blifft un de Steenklöver mit em up'e Jagd geiht. Man de Jäger geiht dat keen Spier beter as sin Fründ de Dag vörher. He tutet uck nich to Middag, man as de anner beiden an'e late Namiddag hungerig un dörstig na Huus kamen, do liggt he in'e Puuch un stoehnt un günst. Dütmal is Jehann noch duller oever dat rungeneerte Eten un dat et al so laat is, un dar harr nich vel fehlt, un he harr de kranke Jäger bavento noch dörwalkt. Un do seggt he to de beiden, vun nu an will he sülven dat Huus wahren. Dat is so recht Water up'e Moehl vun de Jäger un de Steenklöver. Veniensch pliern de beiden sik to, denn se weeten ja all beid recht guut, 'nem se krank vun wurrn sünd. Un se sünd de starke Jehann datsülve woll günnen, dat he doch nich mehr so grootsnutig is.

De neegste Morrn treckt de Jäger denn mit de Steenklöver up Jagd, un Jehann kriggt dat Eten t'recht, as sik dat hört. Uck dütmal kloppt dat kort vör Middag an de Dör. „Rin!" röppt Jehann, un as he de Lütte mit de swatte Baart süht un hört, wat he will, do seggt he uck, he schall sik man dalsetten bi de Aben. Un dat deit de Lütte uck. Man knapp hett de lütte Keerl, as he dat Fleesch vun't Füer nimmt, in de Pann spegen, do röppt Jehann, nu weet he, wonem sin Mackers sünd krank vun wurrn, un in't sülve hett he de Lütte uck al so een bipuult, dat de vun de Abenbank dalflüggt.

Nu will de lütte Keerl Jehann so as bi de annern up'e Nack springen. Man dat begriesmuult em. Jehann kriggt em baven bi de Arm faat un driggt em rut vör de Kaat, mit een Slag mit de Äx klöövt he de Haublock up un stickt de Lütte sin Baart dar rin; denn treckt he de Äx wedder ruut, un de Hallunk sitt fast. Un denn geiht dat mit de ieserne Stock up em dal so lang', bet Jehann heel un deel ut'e Puust is.

Man dat dücht em noch nich nugg. In'e Balk ünner de Boehn in'e Stuuv, dar is en grote Lock. Jehann maakt de Ünnereerdsche frie vun'e Haublock un driggt em wedder in'e Stuuv rin. Dar treckt he de lange, swatte Baart dör dat Lock in'e Balk un sleit dar denn en Knütt up. Do hängt de Lütte dar an sin eegne Baart in'e Luft as en Fisch an'e Angel. Un elkeen Mal, wenn Jehann dör de Stuuv geiht, denn puult he de Lütte düchtig een bi, dat de vun't eene Enne vun'e Stuuv na de anner fleegen deit.

De lütte Keerl mag nu bedeln un beden, all wat he will, dat helpt nix, he mutt dar hängen blieven bet de anner beiden wedder dar sünd. Denn nu nimmt Jehann dat Hoorn vun'e Wand, sett dat an'e Mund un tutet so luut, dat schallt dör dat heele Holt. As de Jäger un de Steenklöver dat Tuten hören, do meenen se, Jehann hett wedder mal Glück hatt, na em is de Ünnereerdsche nich kamen. Un darbi argern se sik in se's afgünstige Harten, dat se's Macker dat nich so leeg gahn hett as se sülven.

Man se sünd rein verbaast, as Jehann se al vun wieden toröppt, se schoe'n man rinkamen, dar is de Grund för se's Krankheit. Do lopen se, so gau as dat man geiht, na Stuuv rin, un denn geiht dat nochmal dal up'e Lütte mit'e swatte Baart. Eerst haut elkeen vun se en paar Knüppels up sin krumme Puckel twei, denn schaukeln se em an sin Baart as dull hen un her, un bavento spijöken se uck noch oever sin Gejaul. Man to sin Glück koenen de Haar de sware Last nich mehr drägen, de Baart ritt ut, un de Lütte fallt dal up'e Eerde. Ehrer Jehann, de Jäger un de Steenklöver mitkriegen, wat dar eegentlich passert, hett he sik al hoochrappelt, maakt de Dör up un rönnt all, wat he kann, na de Barg to. De dree Mackers ja achterran, man de Ünnereerdsche is to flink, em kriegen se nich mehr faat. Se warrn blots noch wies, he verswinnt an'e Anbarg in en grote Steen.

As de dree bi de Steen ankamen, do sehn se, dar is en lütte Lock in. Dar mutt de Lütte dörwittscht we'n, meent Jehann. Nu schall man de Steenklöver ran un de Steen upklöven, seggt he, denn so is de Ingang in de Ünnereerdsche sin Riek frie. He hett dat ja foorts seggt, meent he, se kunnen sin Handwark sachs noch mal bruken. De Steenklöver deit foorts, wat

Jehann em heeten hett, un dat duert nich lang', do is
sin Arbeit daan. As de Steen in vele lütte un grote
Stücken klöövt is, do warrn se dar en Lock wies, dat
geiht liek dal in'e Barg. Do nehmen se en lange
Stang un stöten dar in dat Lock mit, man narms
kamen se up Grund. Do dreihn se sik en Tau ut
Boomwuddeln un halen ut'e Kaat en grote Korf, de
binnen se an dat Tau fast. Denn raatslaan se, wo-
keen dar schall dal in dat Lock.

Jehann meent, de Fleedigste schall toeerst dal. He
schall nakieken, um dar nedden wat is, wat dat Mit-
nehmen lohnen deit, un denn schall he mit dat Tuut-
hoorn Teeken geven, wenn se em wedder na baven
trecken schoe'n. Man de Vörslag is de Steenklöver
gar nich mit, he is ja de Fleedigste, un he is bang', de
Ünnereerdsche kunn em dat t'rüggbetahlen, wat se
mit em upstellt hebben. De Jäger will uck nich dal.
So mutt denn Jehann sülven rin in'e Korf. Dat Tuut-
hoorn hängt he sik um'e Schullern, sin ieserne Stock
nimmt he in'e Hand, un denn man dal in't düüstere
Lock.

Sodraa de Korf nedden up'e Grund upsleit, stiggt Je-
hann ut un geiht dör en Siedengang, un do kümmt
he bald in en prachtvulle Saal. Dar sitt en wunner-
bar smucke Prinzessin in, de is vör Schreck stief as
Steen, as se en Minsch vör sik süht. He schall um-
dreihn, röppt se, anners löppt he de Dood in't Muul.
Man Jehann fraagt ehr, warum he denn woll bang'
we'n schull. Do vertellt se em ehr Unglück. Se un ehr
twee Süstern sünd vör Jahren vun dree gresige Dra-
kens mit negen Köppe wegslept un dar henbröcht
wurrn. Elkeen vun de dree wahnt mit een vun'e Dra-
kens tohopen in een Saal. Jüst nu sünd all dree Dra-
kens utflagen, man dat wahrt nich mehr lang', denn

so kümmt ehr Dwingherr t'rügg, un wenn de em denn dar bemött, denn so ritt he em in Stücken un fritt em up. Nee, seggt de starke Jehann, utneihn deit he nich, denn so mutt he ja de smucke Prinzessin in't Unglück sitten laten. He geiht an'e Aben un raakt dat Füer, leggt dar sin Iesenstock rin un maakt 'n glöhnig. As de Draak denn anflagen kümmt un Jehann hört dat Susen un Brusen vun sin Flünken, do stellt he sik achter de Dör. Knapp stickt dat Undeert sin negen Köppe na de Saal rin, do haut Jehann to, un de Slag mit de glöhnige Stang is so hart, all negen Köppe fallen mit eenmal an'e Grund.

So, seggt Jehann, denn is se ja erlöst. De Prinzessin weet sik gar nich to laten un is vull Gottloff vör Dankbarkeit. Man dar will Jehann nix vun weeten. Se schall em leever de Saal wiesen, seggt he, 'nem ehr Süster verwünscht is, to'n Snacken hebben se nu keen Tied. Do bringt de Prinzessin em na ehr Süster hen, un dar lett Jehann sik uck nich dör Snacken t'rügghollen. He maakt foorts sin Stang glöhnig, stellt sik wedder achter de Dör, un uck dütmal haut he mit een Slag de Draak all sin negen Köppe vun'e Rump.

Sodennig is denn uck de tweete Prinzessin erlöst, un do gahn se na de drütte Saal, dat se uck de jüngste Prinzessin frie maken. Man dar is dat arig wat swarer as vörher, denn de dare Deern ward vun'e stärkste un unbännigste vun de Draken wahrt. As Jehann em een mit sin Iesenstock neiht, do kriggt he mit de eerste Slag man blots dree Köppe dal. De annern söss spiegen Füer un Flammen un woe'n em torieten mit se's Tähns. Do haut Jehann noch mal un noch duller to. Man uck dütmal kriggt he blots dree Köppe af. De dree, de noch na sünd, woe'n al se's gresige Tähns in Jehann sin Liev slaan, do nimmt de nochmal sin letzte Knoev tohopen un haut mit de Stang – de is al meist koolt wurrn – dar haut he nochmal mit to, so dull, dat Iesen büggt sik krumm un uck de letzte dree Köppe rullen an'e Grund.

Nu sünd se denn all dree erlöst. Jehann nimmt de dreemal negen Drakenköppe, snitt se de Tungen rut un deit se in sin Taschendook. Denn kriggt he de Köppe bi de Ohren un maakt sik mit de dree Prinzessinnen up'e T'rüggweg.

De Jäger un de Steenklöver is wieldes de Tied lang wurrn. Se meenen, de starke Jehann is dar ünnen sachs to Dode kamen, un woe'n sik al up'e Padd maken, do hören se mitmal dat Tuten vun't Hoorn. Do trecken se gau de Korf hooch, un dar finnen se de soebenuntwintig Drakenköppe in. Se sünd ja düchtig verbaast, laden de Köppe ut un fieren de Korf wedder dal.

Nich lang', do tutet dat wedder, un dütmal kamen de dree smucke Prinzessinen ut'e Korf rut. As de Steenklöver de süht, seggt he to de Jäger, se woe'n twee vun de Deerns heiraden, un de drütte mag tosehn, wonem se en Mann herkriegen deit. De starke Jehann woe'n se nich ruptrecken, de schall man dar nedden vergahn. Denn koenen se seggen, se hebben de Prinzessinnen erlöst, un de dat nich gloven will, de koenen se ja de Drakenköppe wiesen. Ja, seggt de Jäger, dat woe'n se doon, man dat is beter, se hieven de Korf eerst halv na baven un laten 'n denn los, denn so fallt de starke Keerl sik doot. Anners kunn em de Düvel womoeglich doch noch na baven bringen.

Dar is de Steenklöver mit inverstahn. De dree Prinzessinnen moeten se swören, dat se nie nich en Minsch vertellen woe'n, wodennig dat würklich togahn is. Dat schull al we'n, dat se de starke Jehann weddersehn, seggt de Steenklöver veniensch, denn so koenen se geern utplappern, wodennig dat dar nedden togahn is. Un denn gahn de beide Galgenvageln bi un woe'n dat wahr maken.

Se fieren de Korf dal un luern up dat Tuten. Man Jehann hett se up'e Luer, un to Vörsicht sett he sik nich in'e Korf, man he leggt dar en sware Steen rin. Denn tutet he in't Hoorn. Foorts geiht de Korf na baven. Man kort vör dat Utgangslock laten de beiden dat Tau los, un de Korf mit de Steen dunnert na nedden un springt twei. Aha, seggt Jehann trurig, dat hebben sin Mackers em todacht hatt, un denn geiht he t'rügg in dat verwünschte Slott.

Dar söcht he in alle Ecken un Winkeln, um he nich kann en Weg na baven finnen, man dat helpt em allens nix. Toletzt sett he sik hungerig un afmaracht dal an en deckte Disch, de steiht in'e eene Saal, un neiht sik eerstmal arig wat Eten un Drinken to Bost. Denn leggt he sik dal up en Bett un verslöppt sik de Sorgen.

De neegste Dag to Middagstied steiht de Disch wedder dar, vull mit dat feinste Eten, un sodennig geiht dat nu elkeen Dag, un Jehann fehlt dat an nix. Up de Aart vergeiht een Maand na de anner, do fallt Jehann dat mal in un maken de Schuuf vun de dare Wunnerdisch up. Un süh mal kiek, do liggt dar en feine Wichelfleut in. Na, mal wat anners, denkt Jehann, sett de Fleut an'e Mund un kümmt bi un blasen sik dar en Stück up.

Man knapp sünd de eerste Töne rut, do steiht de
Ünnereerdsche mit de swatte Baart vör em un fraagt
em mit Bevern, wat he will. Hett he em wedder faat,
freut sik Jehann, nu schall he em gau en Trepp na
de Welt baven de Eere buun. Nee, seggt de Lütte, dat
kann un will he nich. Do kriggt Jehann em bi de
Haar un schüddelt em in Luft rum. Um he em will
en Trepp buun, bölkt he, oder um he schall sin Kopp
an'e Wand tweihau'n.

Do kriggt de Ünnereerdsche dat mit de Angst, he
versprickt allens, un na en paar Ogenblicken kriggt
Jehann wedder dat Sünnenlicht in'e Ogen. Do geiht
he ümmer vörföötsch vöran, un sodennig kümmt he
an en Stadt, dar sünd all de Hüser mit rode Tüüg
behängt.

Do fraagt he een vun de Lüüd dar, wat dar denn
för'n Fest is. Um he dat denn nich weet, wunnert de
sik, de König sin Döchter fiern vundaag Hochtied
mit se's Erlösers. Dat sünd mal Helden we'n. Dat is
nu en vulle Jahr her, do hebben se dree Drakens mit
negen Köppe dootmaakt, un to Lohn darför kriegen
se de König sin Döchter to Fruuns.

As Jehann dat hört, do weet he ja foorts, vun wokeen
dar snackt ward. Un do geiht he stracks hen na de
König sin Slott, 'nem all de Gäste al to't Hochtieds-
eten tohopen kamen sünd, un fraagt bi de Deeners
um wat to eten un to drinken. Dat ward de öllste
Königsdochter wies, un as se em up Sicht kriggt,
kennt se em foorts wedder. Un do löppt se foorts hen
na ehr Vadder un vertellt em, se's richtige Retter is
nu eerst kamen. Nu is se dar ja nich mehr an bun-
nen, wat se swaren hett. Man de dree Deerns hebben
jüst darum de Hochtied en heele Jahr rutschaven, se
hebben dar ümmer up luert, dat de Herrgott Jehann

doch noch na se henbringen wurr. Man länger as een Jahr töven, dar hett de König nix vun weeten wullt. Em dücht dat nich recht un laten sin Döchter se's Retters luern, un jüst vundaag is de letzte Dag vun't Jahr vörbi.

As de König nu hört hett, wat sin Dochter em vertellt, do seggt he, se schoe'n de starke Jehann Königstüüg antrecken, un he schall sik dalsetten mang de anner Gäste. De Steenklöver un de Jäger hebben vun all dat nix mitkregen. Na en lütte Stoot steiht de König up un seggt, se schoe'n doch nochmal vertellen, wodennig se domals sin Deerns erlöst hebben. Do dischen de leege Keerls nochmal se's Loegen up, un to'n Bewies för se's Heldendaat wiesen se up de dreemal negen Drakenköppe, de liggen dar vör de Thron. Do fraagt de König, wat en Mann woll weert is, de in so'n Saak sin Herr, de König anlögen deit. Do seggen de falsche Mackers, de schall vun veer wille Ossen in Stücken reten warrn.

As se dat seggt hebben, do kümmt Jehann na vörn, haalt de Drakentungen ut sin Tasch un sett elkeen Kopp een darvun in't Muul. Do warrn de Steenklöver un de Jäger bleek as de Dood, se fallen dal up'e Kneen un bedeln um Gnaad. Man dar ward nix vun. So as se dat sülven seggt hebben, sodennig ward dat maakt, se warrn vun wille Ossen in veer Stücken reten. Man de starke Jehann kriggt de König sin Öllste, de hett he toeerst erlöst, de kriggt he to Fruu, un as de ole König dootblifft, do ward he König. Un do levt he mit sin junge Königin glücklich un tofreden, un sünd se nich dootbleven, denn so leven se vundaag noch.

Tuterutut,
dat Märken is ut.

Hans Pinnswien[1]

Dar is mal en rieke Buer we'n, de hett keen Kind
hatt, un dat is em bannig an't Hart gahn, he hett ja
nich wusst, an wokeen he all sin Geld hett verarven
schullt. Wenn de annern Buern so snackt hebben,
dat dat doch trurig is un hebben gar keen Kind,
wenn een so vel Geld hett, denn so is he faken heel
un deel vertwiefelt un hett to sin Fruu seggt, he
wull, he harr en Kind, un weer't uck en Pinnswien.

Do kriggt sin Fruu upletzt wat Lüttes, man ehr
kamen rein de Tranen, denn dat is würklich en Pinn-
swien, un se seggt to ehr Mann, dar hett he dat, he
hett se verwünscht. Man dat helpt allens nix mehr,
un se moeten em uck en Naam geven, un so heet he
Hans Pinnswien. Se maken em en Nest achter de
Aben un fuddern em up, man dat weer se leever
we'n, he weer wedder dootbleven. Man dar hett en
Uul seten, he blifft an't Leven.

As Hans acht Jahr oold is, do is dar mal Markt in'e
Stadt, dar will de Buer hen, un he fraagt sin Fruu un
de Deern, wat he se mitbringen schall, un se seggen
em dat, un denn fraagt he uck Hans Pinnswien, wat
he geern hebben will. Do seggt Hans to sin Vadder,
he schall em man en Dudelsack mitbringen, dat he
dar fein up spelen kann. De Vadder bringt em denn
richtig en Dudelsack mit, un as he de hett, do seggt
he to sin Vadder, he schall na de Smä gahn un schall
em de rode Kükelhahn beslaan laten, dar will he mit
sin Dudelsack up wegrieden un will nie nich wedder-
kamen. Do freut sin Vadder sik, dat he em los ward.
He lett de Kükelhahn beslaan, Hans Pinnswien sett

---

[1] Pinnswien = Igel (dän. pindsvin)

sik dar up un ritt afste', man he nimmt uck Swiens un Esels mit, de will he in't Holt wahren.

In't Holt mutt de Hahn mit em rupfleegen up en hoge Boom. Dar sitt he denn un wahrt sin Veeh un spelt darto up'e Dudelsack, dat hört sik an as en Orgel. Up de Aart blifft he en ganze Reeg vun Jahren in't Holt, bet sin Flock heel groot wurrn is un he dusendwies Swiens un Esels hett. Un sin Vadder denkt, he is al lang' doot.

As he mal wedder spelen deit, do kümmt dar en König lang, de is in't Holt verbiestert, un de ward de Musik wies, un de mag he to geern hören. Do schickt he sin Deener hen, de schall nakieken, 'nem de Musik herkamen deit. De Deener ja hen, un do süht he up en hoge Boom en wunnerliche lütte Deert sitten, halv as en Hahn un halv as en Pinnswien. Dar kann he nich recht klook ut warrn, un do kümmt he t'rügg na de König un vertellt em dat.

De König seggt to de Deener, he schall dat Deert mal fragen, warum et up'e Boom sitten deit un um et nich weet de Weg na sin Königriek. Do kümmt Hans Pinnswien dal vun'e Boom un seggt de König to, he will em de Weg wiesen, man darför mutt de König em dat verschrieven, wat em toeerst in'e Mööt kümmt, wenn he to Huus ankümmt. Dat deit de König, un Hans Pinnswien wiest em denn de rechte Weg.

As de König na Huus kümmt, do kümmt em toeerst sin Dochter in'e Mööt lapen un gifft em en Söten. Do ward de Vadder dar an denken, wat he toseggt hett un vertellt dat de Prinzessin, he hett ehr verschrieven musst an so'n wunnerliche Deert för un kamen ut't Holt rut. Man he hett schreven, dat Deert schall ehr nich hebben, denn dat kann ja sachs nich mal lesen. Dat is guut, seggt de Prinzessin, se weer uck för wiss nich hengahn.

Hans Pinnswien blifft in't Holt, wahrt sin Deerten un spelt lustig up sin Dudelsack. Do kümmt dar en anner König, de is uck verbiestert un weet uck nich, wonem he to Huus hört, un as he de feine Musik hören deit, do mutt sin Löper hen un nakieken, wonem dat herkamen deit. Un as de de Kükelhahn wies ward un Hans Pinnswien dar up, do fraagt de Löper em, wat he dar baven vörhett. He wahrt sin Veeh, seggt Hans Pinnswien. Do seggt de Löper, se sünd rinkamen in't Holt, he un sin ole König, man se koenen nich wedder rutfinnen, un he fraagt em, um he nich de Weg weeten deit.

Hans Pinnswien kümmt dal, lett sik wedder dat ver-schrieven, wat de König to Huus toeerst in'e Mööt kamen deit, un denn ritt he up'e Kükelhahn vöran un wiest em de Weg.

As de König nich mehr wiet weg is vun to Huus, do ward sin Dochter em wies, löppt em in'e Mööt, fallt em um'e Hals un gifft em en Söten. Se kann sik gar nich nugg freuen un fraagt em, wonem in'e Welt he doch all de Tied we'n is. Do vertellt ehr Vadder ehr allens un uck, dat he ehr an en lütte grimmige Ding, halv Hahn un halv Pinnswien, hett verschrieven musst. Do meent de Prinzessin, dat is ja leeg, man he hett dat eenmal toseggt, denn mut dat uck holen warrn, un wenn dat dare Ding kümmt, denn so will se mit et mitgahn.

Hans Pinnswien wahrt ümmerto sin Esels un Swiens, un toletzt sünd dat so vel, se hebben in't Holt nich mehr Platz nugg. Do schickt he Bescheed na sin Vadder, he kümmt mit en grote Flock Swiens un anner Deerten, un all Lüüd in't Dörp schoe'n slachten, so vel as se moegen. Do ward sin Vadder heel benaut, dat Hans Pinswien doch noch leven deit, man de drifft jüst up'e Kükelhahn sin Deerten in't Dörp. Do gifft dat mal een Slachten!

Hans Pinnswien seggt to sin Vadder, he schall em man sin Kükelhahn bi de Smä nochmal beslaan laten, un denn will he wegrieden un för wiss all sin Levdaag nich wedder kamen. Un sodennig ward dat uck maakt.

Do ritt Hans Pinnswien in dat Riek vun de König, de he toeerst de Weg wiest hett. Man de König hett Order geven, wenn dar een kümmt up en Hahn mit en Dudelsack, up de schoe'n se hau'n un steken un trummeln un fleuten. Dat woe'n se uck, man Hans Pinnswien flüggt oever dat Door vör de König sin Finster un seggt, dat schall em un sin Dochter nich guut gahn, wenn he nich holen deit, wat he toseggt hett.

Do ward de König bang' un de Prinzessin uck, un do treckt se mit em afste' in en Waag mit söss Schimmels vör un mit en Barg Deeners un en Masse Geld un Guut. Un Hans Pinnswien sitt mit de Kükelhahn un de Dudelsack blangen de Prinzessin in'e Waag.

As se sünd en Stück in't Holt rin, do seggt Hans Pinnswien to ehr, se is en falsche Beest, he mag ehr nich lieden, man he will ehr dat betahlen, dat se so falsch is. Un do stickt he ehr mit sin scharpe Prickels an'e Hänne un in't Gesicht un oeverall, dat se düchtig blödden deit un dull utsehn ward. Sodennig mutt se mit Schimp un Schann wedder t'rügg, un keen Minsch will ehr hebben, ehr hett ja nichmal Hans Pinnswien lieden mucht.

Hans Pinnswien ritt wieder un kümmt in dat anner Königriek, 'nem he de König vun uck ut't Holt ruthulpen hett. Man dar geiht dat heel anners. Dar is al bestellt, wenn de un de kümmt, so un so, denn schoe'n se trummeln un fleuten un Juchhei ropen un em Door un Dören upmaken un em up't beste upnehmen. Un so ward dat uck maakt.

As de Prinzessin em to to Gesicht kriegen deit, do verfehrt se sik doch, denn Hans Pinnswien süht doch to snaaksch un gresig ut. Man se hett ehr Vadder dat nu mal toseggt, se will em nehmen, un so denkt se, dat kann nu mal nich anners we'n, un een mutt in't Leven vel utholen.

Hans Pinnswien ward nu vun ehr willkamen heeten, un se sett sik bi Disch blangen em, un se eten un drinken tosamen un snacken verstännig un lustig mit'nanner. Se mag em al rein en beten lieden (en ganz lütte beten) un denkt, dat kunn sachs angahn mit se, wenn he man nich ganz so gresig weer.

As se sik nu na't Eten all en Ehrensöten geven, do schall de Prinzessin ja nu Hans Pinnswien en Söten geven, un do maakt se dat Muul ganz lütt un spitz un kümmt mit ehr Lippen man en ganz lütte beten an sin Snuut. Man do gifft dat en bannige Knall un dat Pinnswienfell fallt mitmal af vun Hans Pinnswien un roetert dal up'e Del, un Hans Pinnswien reckt un streckt sik en paarmal un steiht dar so smuck as en Engel.

Do freun se sik all, man an dullsten de Prinzessin un Hans Pinnswien, un na dree Daag is Hochtied, un de beiden leven glücklich tohopen, un de ole König freut sik.

Nu will Hans Pinnswien sik geern sin Vadder un Mudder wiesen un halen se an'e Hoff, denn he schaamt sik keen beten för se, man as he in't Dörp kümmt, do sünd se al dootbleven, un do verschenkt he de Buernhoff an en paar gude Lüüd in't Dörp.

As nu de ole König na lange Jahren dootblifft, do ward annerseen König, un dat is Hans Pinnswien. Un as de nu richtig fein regeren deit un in't Volk för Reegel sorgt, do weet de Prinzessin woll, 'nem dat vun kümmt un wonem he dat lehrt hett.

Jochen söcht sin Glück

Dar is mal en arme Buer we'n mit sin Fruu, de hebben een Soehn hatt, de hett Jochen heeten. De Lüüd sünd arm we'n un hebben man wat kümmerlich levt. Do kümmt Jochen mal na sin Mudder un seggt, se schall em sin Tüüg un ehr Segen geven, he will lostrecken un söken sin Glück. Och, seggt sin Mudder un kriggt dat Weenen, wat he denn vun se weggahn will. Se hett so al Kummer nugg, wenn he nu uck noch weggeiht, ehr eenzige Kind, denn so blifft ehr nix mehr na as dootblieven. Man Jochen seggt ümmer wedder, he will lostrecken un söken sin Glück. Do moeten sin Vadder un Mudder toletzt nageven. Se packen em sin Tüüg in en Rucksack, doon en beten Brood un wecke Zippeln darto, un denn laten se em in Gotts Naam trecken.

Jochen is en Tiedlang wannert, do kriggt he Hunger. Do sett he sik achter en Dör un kriggt sik wat Brood un Zippeln. As he so bi is un eten, do kümmt dar en feine Herr to Perd vörbi, de fraagt em, wokeen he is. Och, seggt Jochen, he is en arme Bengel un is lostrocken un söken sin Glück. Do seggt de Herr, wenn he mit em kamen will un will em truu deenen, denn so schall he dat guut hebben. Jochen is dat recht, un he treckt mit de frömde Herr afste'. De bringt em na en wunnerschöne Slott, 'nem en Barg Gold un Sülver in liggt. Dar wahnt he, seggt de feine Herr un gifft Jochen en feine Antog statts sin Buernkledaschen, un dar schall Jochen mit em wahnen. He kann sik so vel Geld nehmen, as he mag, seggt he, man eenmal in't Jahr mutt he em en Deenst doon. Ja, seggt Jochen, allens, wat de Herr em heeten deit, will he doon. Un nu levt he denn dar mit de frömde Herr lustig un vergnöögt.

Dar is meist en Jahr rum, do kriggt Jochen so'n Lengen na sin Vadder un Mudder. Do geiht he hen na sin Herr un fraagt um en paar Daag Verlööv, dat he sin Vadder un Mudder besöken kann. Toeerst will de Herr nich, he is bang', Jochen kümmt denn nich wedder, man Jochen seggt em to, he is in en paar Daag wedder dar, do lett de Herr em gahn.

Nu kümmt Jochen wedder na sin Dörp. Up'e Straat steken de Lüüd de Köppe tosamen un seggen, um dat nich is de ole Jochen sin Soehn. Man annern meenen, dat dar is doch en feine Herr, un Jochen is blots en Buer we'n. Toletzt kümmt Jochen denn na sin Öllernhuus, un as he dar rinkümmt, do is blots sin Mudder dar. He seggt ehr gu'n Dag, un se knickst vör de feine Herr, denn fraagt he, um de ole Jochen nich dar is. O ja, seggt sin Mudder, se will foorts gahn un ropen em. Do geiht se rut in'e Gaarn un seggt to ehr Mann, dar is en frömde Herr, de fraagt na em. Do geiht de ole Buer in de Döns, nimmt de Mütz af un fraagt, wo he em mit deenen kann. Do ward Jochen lachen un fraagt, um he em denn nich kennen deit, he is ja Jochen, sin Soehn. Do freun de beide Olen sik ja bannig, un Jochen mutt allens vertellen, wat em bemött is, un he gifft se en Barg Geld, dat se geruhig leven koenen. He mutt foorts wedder weg, seggt he, un t'rügg na sin Herr. Do ward sin Mudder weenen un seggt, he schall doch bi se blieven. Man Jochen seggt, he hett dat mal toseggt, he mutt t'rügg na sin Herr. Do laten se em trecken, un Jochen geiht wedder na sin Herr.

Na en paar Daag seggt de Herr to Jochen, vundaag mutt he em de Deenst doon, wo he em för annahmen hett. Un he bringt em in en Kamer, dar liggt Jägertüüg för em. Dat mutt Jochen antrecken, denn stiegen se beide to Perd, un Jochen mutt noch en drütte Perd an'e Toegel mitnehmen, dar liggen en paar leddige Säcke up. Nu rieden se Stunnen un Stunnen, bet se up en Flach kamen, 'nem en eenzelne Barg ut upstiegen deit. De dare Barg is so steil, dar kann keen Minsch rupklarrn. Dar stiegen se dal vun'e Perde un kriegen sik eerstmal wat to eten un to drinken. Denn seggt de Herr, Jochen schall dat drütte Perd doothaun un 'n dat Fell aftrecken. Dat deit Jochen, un denn leggen se dat Fell in'e Sünn, dat dat drögen schall. So lang' koenen se sik noch utruhn, seggt de Herr. Man nich lang', do röppt he Jochen wedder, gifft em en scharpe Mess un seggt, he will em nu mitsamts de leddige Säcke in dat Fell inneihn. Denn kamen dar wecke Kreihn, de drägen em rup up'e Barg. Dar baven schall he mit dat Mess dat Fell upsnieden, un denn will de Herr em toropen, wat he doon schall.

Jochen is to allens praat, un de Herr neiht em in in dat Fell. Foorts kamen de Kreihn, kriegen em up un drägen em rup up'e Barg, un dar leggen se em dal. Jochen snitt mit dat Mess dat Fell up un kickt sik um. Do süht he, de heele Barg liggt dick vull mit Demanten. Wat he nu doon schall, fraagt he sin Herr. He schall de Säcke een na de anner mit Demanten vullmaken un se na em dalsmieten, röppt de Herr. As Jochen denn all de Säcke vullmaakt un dalsmeten hett, fraagt he wedder, wat he nu doon schall. He schall man tosehn, wodennig he wedder dalkümmt, seggt de Herr un röppt em Adjüs to. He packt de Säcke up Jochen sin Perd, stiggt up sin eegne un ritt mit Lachen afste'.

Dar steiht Jochen nu un weet nich, wodennig he dalkamen schall. Vör Raasch stampt he mit de Foot up, do hört sik dat upmal an, as wenn he up Holt pedden deit. He büggt sik dal, un richtig, he steiht up en holten Luuk, de is toschott't. He maakt 'n up un denkt, dar nedden koenen em tominnst de grote Vageln nich upfreten. Man as he dar rinwitscht is, do ward he dar en Trepp wies, de geiht he vörsichtig dal – dat is ja pickendüüster – un kümmt toletzt in en helle Saal. He steiht dar noch un kickt sik um, do geiht dar en Dör up, un en Ries kümmt rin in de Saal. Wat he sik ünnerstahn deit un kamen in sin Slott rin, fraagt he mit en deepe Stimm. Toeerst verfehrt Jochen sik, man he kriggt sik gau wedder in un fraagt heel munter, um he dat is, sin leeve Unkel, un he freut sik un sehn em. Um he denn is sin Brodersoehn, fraagt de Ries – he is en beten doesig. Ja, wiss, seggt Jochen, un he will bi em blieven. Dat is de Ries recht, un Jochen levt bi em un hett dat guut.

Nich lang', do markt he, de Ries hett dat elkeen Dag to en wisse Tied heel leeg, dat nimmt em arig mit. Do fraagt he em, wonem dat vun kamen deit, un um he em helpen kann un warrn gesund. Och, seggt de Ries, to helpen is em woll, man wodennig he dat wull schaffen schull. He schall em dat man seggen, seggt Jochen, vellicht kann he dat ja doch. Tja, seggt de Ries, elkeen Dag kammen veer witte Jumfern un baden in de Springborn is sin Gaarn, un solang' as se in't Water sünd, solang' geiht em dat leeg. Wodennig he em denn woll erlösen kann, fraagt Jochen. Wenn se to Waters stiegen, seggt de Ries, denn trecken se eerst se's Hemden ut un leggen se up'e Steenkant. Dar mutt he sik versteken, un wenn se in't Water sünd, denn so mutt he sik dat Hemd vun de Boeverste vun de witte Jumfern snappen, denn kann se nich mehr wegfleegen, un ahn ehr kamen de annern sachs nich wedder.

Nu verstickt Jochen sik achter de Steenkant. Nich lang', do hört he dat rusen in de Luft, un de veer witte Jumfern kamen dal up'e Grund, trecken se's Hemden ut un gahn to Waters. Do streckt Jochen sin Hand ut un nimmt de boeverste vun de witte Jumfern dat Hemd weg. Foorts kamen de witte Jumfern mit Krieschen ut't Water, snappen sik se's Hemden un fleegen weg. Man de Boeverste vun se kann ahn ehr Hemd nich wegfleegen. Do kümmt de Ries rut un leggt ehr in Keden. Elkeen Morrn bringt he ehr en lütte Stück Brood un en beten Water un fraagt ehr, um se will sin Brodersoehn sin Fruu warrn, denn so schall se frie we'n. Man se seggt ümmer, se will nich. Denn blifft se in Keden, seggt he. Man na en Tied bringt he en lütte Lamp, de stellt he ehr up'e Kopp un seggt, wenn se sin Brodersoehn nich to Mann nehmen will, denn so hett se nich mehr länger to leven, as bet dat Öl in'e Lamp utbrennt is. Do seggt de witte Jumfer, se will em nehmen. Do warrn ehr de Keden afnahmen, un se fiern en feine Hochtied, un Jochen is bannig glücklich.

De neegste Dag seggt de Ries to Jochen, he kann nu nich mehr länger bi em blieven, he schall sin Fruu nehmen un na Huus gahn na sin Vadder un Mudder. Un denn gifft he em sin Fruu ehr Hemd un seggt, he dörf ehr dat jo un jo nich geven, eerst wenn een em en Snuuvtobacksdoos wiesen deit, de jüst so utsüht as de dare. Un he gifft em en gollne Snuuvtobacksdoos un en Töverstock, un denn mutt Jochen afste'. Do nimmt Jochen sin Fruu un maakt sik up'e Padd. Man de Weg is wied, un nich lang', do sünd se möö'. Do seggt Jochen, he wull, se weern to Huus. Nu hett he jüst de Töverstock in'e Hand, un knapp hett he dat seggt, do sünd se al to Huus. Do wünscht he sik en feine Huus mit Wagens un Perde un Deeners un feine Tüüg för sik un sin Fruu, un denn geiht he hen na sin ole Vadder un Mudder. De freu'n sik bannig un sehn em wedder, un Jochen seggt, se schoe'n mitkamen in sin Slott, dar will he se sin Fruu wiesen. Do gahn se mit em mit un wahnen bi em.

Nu levt Jochen herrlich un in Freuden, fiert grote Festen un is de riekste un an mehrsten estimeerte Mann in't heele Land. Dat Hemd gifft he sin Mudder in Verwahr, un he wiest ehr de gollne Doos, un se mutt em toswören, dat se dat Hemd nich ehrer ut'e Hand gifft, as dat ehr een jüst so'n Doos wiest. Man de dare Doos hett he ümmer bi sik. Sin Fruu, de kann dar gar nich oever wegkamen, dat se nich mehr bi de anner witte Jumfern we'n schall, un se spickeleert ümmer blots, wodennig se kann bi de gollne Doos kamen.

Nu is dar mal wedder grote Danzvergnögen bi Jochen. Do geiht dar en feine Herr na Jochen sin Fruu ran un will mit ehr danzen. Ja, seggt se, se will geern mit em danzen, man he schall liek over vör ehr Mann danzen, un he schall versöken un nehmen em de gollne Snuuvtobacksdoos weg, de driggt he ümmer bi sik. Dat seggt de feine Herr ehr to, un Jochen is sik ja nix Leeges vermoden, un so passt he nich up un dat glückt de feine Herr un klau'n em de Doos, ahn dat he dat wies ward, un he gifft 'n foorts de witte Jumfer. De freut sik ja bannig, un se schickt foorts ehr Kamerdeern na ehr Swiegermudder, dat se ehr de gollne Doos wiesen deit un sik darför dat Hemd geven lett. De Oolsch süht ja de Doos, un do denkt se sik nix Böses un gifft ehr dat Hemd, un de Kamerdeern bringt dat foorts na Jochen sin Fruu. Knapp hett de witte Jumfer dat Hemd antrocken, do is se al weg, un mit ehr is dat feine Slott verswunnen sammt de Deeners, de Wagens un de Perde, un Jochen sitt up en Steen blangen de Weg un hett sin ole Buernplünnen an. Do is he bannig trurig, he hett sin Fruu ganz dull leev hatt, un he geiht t'rügg na sin Vadder un Mudder. Man he kann dar gar nich oever wegkamen, un upletzt seggt he to sin Mudder, se schall em ehr Segen geven, he will afste' un söken sin Fruu. Do ward sin Mudder ganz dull weenen un will em nich gahn laten. Man Jochen blifft dar bi, un do moeten sin Vadder un Mudder upletzt nageven.

Jochen geiht nu liekto na de Stä', 'nem em do de frömde Herr funnen hett un sett sik achter desülve Dör. Nich lang', do kümmt de frömde Herr dar vörbireden un fraagt em, wokeen he is un wat he heeten deit. He kennt em nich, he denkt ja uck, Jochen is lang' doot. Jochen seggt, he heet Jehann. Do nimmt de Herr em in Deenst, un dat geiht em jüst so as dat eerste Mal. As he een Jahr fein levt hett, mutt he wedder mit sin Herr na dat Flach mit de Barg, un dar ward he in dat Perdefell inneiht un vun de Kreihen up'e Demantenbarg rupdragen. Man Jochen maakt de Säcke nich vull mit Demanten, he kriggt grote Steens faat un smitt dar sin Herr mit. Do kennt de Herr em wedder un ward dat wies, Jochen hett em dütmal ansketen. Man Jochen smitt ümmer mehr Steens up em, un so mutt he utneihn, un he löppt weg, all wat he kann.

Jochen maakt gau de holten Dör up, geiht de Trepp dal un kümmt bi de Ries an. De is ja heel verbaast, dat sin „Brodersoehn" wedder dar is. Do vertellt Jochen em, wodennig em dat gahn hett. Do schimpt de Ries, he hett em doch seggt, he schall dat Hemd guut verwahren, un he fraagt, wat he nu vun em will. He will hen un söken sin Fruu, seggt Jochen, un „Unkel" schall em darbi helpen. Um he denn is heel un deel verrückt, röppt do de Ries, sin Fru kann he nie nich wedderfinnen, de hett en anner Ries inspunnt, un de kann he nich an'e Kant kriegen. Man Jochen blifft bi un triffeleren, he schall em doch man helpen, un up letzt seggt de Ries, helpen kann he em nich mehr, man de Weg, de will he em wiesen, un he gifft em uck wat Brood mit, dat he nich verhungern mutt. Un do wiest de Ries em de Weg, un Jochen maakt sik up'e Padd un söken sin Fruu.

He is en Tiedlang gahn, do kriggt he Hunger, sett sik dal up en Steen un geiht bi un eten wat Brood. En paar Krömels fallen em an'e Grund, un do kamen dar foorts allerhand Pissmieren un picken se up. Jochen denkt, de stackels Deerten sünd sachs hungerig, un he krömelt se en grote Stück Brood hen. Do kümmt de Pissmierenkönig un seggt to em, he hett sin Pissmieren so fründlich wat to eten geven, to'n Dank schenkt he em en Pissmierenbeen. Dat schall he guut uphegen, dat ward em mal nütten. Jochen denkt ja, so'n Pissmierenbeen kann em nich vel nütten, man he will de Pissmierenkönig nich up'e Steert pedden, un do nimmt he dat Been, wickelt dat in en Stück Papier un stickt dat in'e Tasch.

As he wiedergeiht, do süht he en Adler, de is mit en Piel an en Boom annagelt. Dat stackels Deert ward em duern, un so geiht he hen un treckt de Piel rut. Do bedankt de Adler sik, dat he em so fründlich erlöst hett, un darför will he em wat schenken. He schall em en Fedder ut'e Flünk trecken, seggt he, de ward em mal nütten. Do ritt Jochen em en Fedder ut un deit 'n bi dat Pissmierenbeen mit rin.

Wedder na en Tied ward he en Löw wies, de humpelt un stoehnt heel jämmerlich. Jochen denkt, dat stackels Deert hett wiss en Doorn in'e Foot, un he böögt sik dal un treckt em de Doorn vörsichtig rut. Do seggt de Löw, Jochen hett em so fründlich hulpen, dar will he em uck wat för schenken: He schall sik man en Haar ut sin Baart utrieten. Jochen nimmt uck dat Haar un deit dat to de annern Saken.

As he denn noch en Stück gahn is, do ward he möö' un will meist vertwiefeln, he mutt ja noch wied lopen. Do ward he an de Adlerfedder denken, un denkt, he kann dat ja mal versöken, un do kriggt he de Fedder rut un seggt: „Christenminsch bün ik, Adler warr ik." Foorts is he en Adler un flüggt hooch dör de Luft bet liek vör de Ries sin Slott. Dar seggt he: „Adler bün ik, Christenminsch warr ik." Foorts is he wedder he sülven. Nu kriggt he dat Pissmieren-been rut un seggt: „Christenminsch bün ik, Pissmier warr ik." Do ward he foorts en Pissmier un krabbelt dör en Splet in'e Muer in't Slott rin. He geiht dör en Barg Stuven un kümmt toletzt in en grote Saal, dar süht he sin Fruu, de is in sware Keden leggt, un mit ehr en ganze Reeg anner witte Jumfern, uck all in Keden. Do seggt he: „Pissmier bün ik, Christen-minsch warr ik." Un foorts steiht he vör sin Fruu as he sülven.

De freut sik ja, as se em wies ward, man se verfehrt sik uck un seggt, wenn de Ries em dar finnen deit, denn so maakt he em doot. Och, seggt Jochen, dat schall se man sin Sorg we'n laten, se schall em man blots seggen, wodennig he ehr frie maken kann. Och, seggt se, wenn se em dat uck vertellt, dat helpt ja doch nix, he kann ehr ja doch nich frie maken. Se schall em dat man seggen, seggt Jochen. Do seggt sin Fruu, eerst mutt he de Draak mit de soeven Köppe dootmaken, de huust dar in de Bargen achter dat

Slott. Wenn he de de soevente Kopp afhaut hett, denn so mutt he de upklöven, denn flüggt dar en Kreih rut. De mutt he foorts griepen un dootmaken un mutt 'n dat Ei rutsnieden, datt 'n in't Liev hett. Wenn he dat dare Ei de Ries jüst merrn vör de Kopp ballert, denn so blifft de doot. Man dat is to swaar för em, dat kriggt he doch nich klaar, seggt se. Upmal hören se sware Foottappen, de kamen neeger. De Ries kümmt. Foorts kriggt Jochen sin Pissmieren-been faat, seggt sin Sproek up un ward glieks to en Pissmier. Nu kümmt de Ries in de Saal rin un brummt mit en deepe Stimm, he kann Minschen-fleesch rüken. Och wat, seggt de witte Jumfer, wo-dennig dar woll en Minsch rinkamen schall, se sünd ja so seker inspunnt. Do lett de Ries sik begööschen.

Jochen krabbelt dör de Splet wedder na buten un seggt: „Pissmier bün ik, Christenminsch warr ik", kriggt denn de Fedder rut un maakt sik to en Adler un flüggt mit flinke Flünkenslääg na de Barg, 'nem de Draak husen deit. Dar ward he en Schäper wies, de sitt dar trurig blangen de Weg. Do ward he wed-der to en Minsch, geiht na de Schäper ran un fraagt, wat em fehlen deit. Och, seggt de Schäper, he hett so'n grote Flock Schaap hatt, un de Draak hett em al so vel upfreten, he hett man noch en paar Stück na, un he truut sik nich un drieven de up'e Weid, anners fritt de Draak de uck noch up. Do seggt Jochen, wenn he em in sin Deenst nehmen will, denn so kann he em vellicht helpen. He schall em veer Schaap geven, seggt Jochen, un de will he up'e Weid drieven. Eerst will de Schäper nich, man Jochen snackt em so lang to, bet he em de veer Schaap geven deit.

Jochen geiht nu de Barg rup, un nich lang', do
kümmt de Draak rut, he hett de Schaap rüükt. Do
kriggt Jochen sin Löwenhaar faat, seggt: „Christen-
minsch bün ik, Löw warr ik" un ward to en gewaltige
Löw, so groot un stark as een noch nie nich een sehn
hett. De denn foorts up'e Draak dal, un upletzt
schafft 'n dat un bieten de Draak twee Köppe af.
Man do is de Löw so matt, dat 'n sik nich mehr hau'n
kann. To'n Glück is de Draak uck so matt un ver-
krüppt sik in sin Höhl. Do maakt Jochen sik wedder
to en Minsch, sammelt sin veer Schaap in – de
hebben sik in de Tied dick freten – un kümmt heel
vergnöögt wedder bi sin Schäper an. De is heel ver-
baast, dat he Jochen un de Schaap lebennig wedder-
süht, un fraagt em, wodennig em dat gahn hett. Man
Jochen meent, dat geiht em nix an. He hett em sin
Schaap gesund wedderbröcht, seggt he, de neegste
Dag schall he em acht Schaap mitgeven.

De neegste Morrn drifft Jochen denn acht Schaap
up'e Weid. Man de Schäper is nieschierig un sliekert
em achterna. Do süht he denn, wo Jochen, as de
Draak rutkamen deit, sin Löwenhaar rutkriggt, sin
Sproek upseggt un foorts to en gewaltige Löw ward
un sik mit de Draak dat Hauen kriggt. Vundaag
kriggt he de Draak veer Köppe afbeten, man denn is
he so matt, he kann nich mehr wieder, un de Draak
is uck ganz af. Ja, seggt de Draak, harr he man en
Glas vun dat Levenswater, denn so wull he em sachs
de Kraft vun de Drakenkönig wiesen. Un he, seggt
Jochen, harr he man en gude Supp vun Wien un
Brood, denn so wull he de Draak sachs de Kraft
vun'e Löwenkönig wiesen. Dat hört de Schäper, un
do löppt he gau na sin Kaat, kaakt gau en Supp vun
Wien un Brood un bringt de na de Löw hen. Knapp
hett de de Supp upfreten, do is 'n wedder so stark as

vörher un geiht nochmal up'e Draak dal un bitt 'n
uck de soevente Kopp af. Denn seggt he: „Löw bün
ik, Christenminsch warr ik", un klövt de soevente
Kopp up. Do flüggt dar en Kreih rut un dat foorts
hooch in de Luft. Man Jochen is uck nich fuul:
„Christenminsch bün ik, Adler warr ik", un as Adler
flüggt he achter de Kreih ran un maakt 'n doot. He
maakt sik wedder to en Minsch, snitt de Kreih dat Ei
rut un treckt mit de Schäper un de Schaap wedder
na de Schäper sin Kaat. De Schäper will em geern bi
sik beholen un versprickt em allens, wat he man
will, wenn he man blots bi em blieven will. Man Jo-
chen seggt, dat kann he nich. He freut sik, seggt he,
dat he em vun de Draak hett afhelpen kunnt, un
seggt em Dank, dat he em so gau to Hülp kamen is.

So treckt he denn afste', flüggt as Adler na de Ries
sin Slott un krabbelt as Pissmier dör de Splet in'e
Saal. „Pissmier bün ik, Christenminsch warr ik",
seggt he un vertellt sin Fruu, he hett allens t'recht-
kregen un hett dat Ei mitbröcht. Do seggt se, de Ries
slöppt jüst blangenan, nu kann he em dootmaken.
Jochen sliekert sik in de Kamer blangenan, nimmt
genau Maat, ballert de Ries dat Ei liek vör de Kopp
un maakt em dar doot mit. Do fallen vun all de witte
Jumfern de Keden af, un sin Fruu fallt em um'e
Hals. Denn wiest se em all dat Sülver un Gold, wat
dar rumliggen deit. Dar nehmen se sovel vun mit, as
se man drägen koenen un reisen wedder na Huus, na
Jochen sin Vadder un Mudder. Dar buun se sik en
Huus, noch smucker as dat eerste, un leven herrlich
un in Freuden bet an se's Enne.